GC NOVELS
もふもふと行く、
腹ペコ料理人の
絶品
グルメライフ
The exquisite gourmet life of
a hungry chef who goes with fluffy.
1
佐倉涼
イラスト
TAPI岡
Story by Sakura Ryo
Illustration by Tapioca

料理人
アイラ

育ての親
シーカー
火狐族
ルイン

「だからさ、
損得とかじゃなくって、
あげるんだよ」
アイラはそう言って、
にっと口の端を持ち上げて笑った。

佐倉涼
Story by Sakura Ryo
イラスト
TAPI岡
Illustration by Tapioca
もふもふと行く、
The exquisite gourmet life of
a hungry chef who goes with fluffy.
1
腹ペコ料理人の
絶品グルメライフ
GC NOVELS

Contents

プロローグ

盛りだくさん！砂漠の珍味のソテー

The exquisite gourmet life of
a hungry chef who goes with fluffy.

1

吹《ふ》き荒《すさ》ぶ熱波が砂塵《さじん》を巻き上げ、視界を砂で覆い尽くす。

果てしなく続く砂丘の上には灼熱《しゃくねつ》の光を発する太陽が輝き、砂漠を行く者の体力を容赦なく奪っていく。

ここは世界樹に住まう女神ユグドラシルの恩恵から遠く離れた地、人呼んで「死の大地」ゴア砂漠。

進む者の一切の希望を奪い、一滴の水分も残さずミイラに変えてしまう恐ろしい土地だった。

好き好んでゴア砂漠に足を踏み入れる人間は、腕に自信がある高位の冒険者くらいなものだろう。それでも彼らだって、そう奥深くには立ち入らない。

ゴア砂漠は気候が厳しいだけでなく、魔物がうようよと生息しているからだ。あまり深いところまで行きすぎて、強敵に出会って深手を負い、帰れなくなってしまっては命に関わる。

だから砂漠を横断しようなどという命知らずなど、いるはずがないのだ――普通であれば。

「さーばーくー、あっつ……くはないけど。何もないー」

死の大地にのんきな声が響き渡る。

声の持ち主は十代後半の娘で、巨大な赤と橙色《だいだいいろ》の毛に覆われた狐《きつね》に乗っていた。狐の尻尾は燃え盛る焚き火《たび》がそのまま凍りついたような形になっており、丸いガラス玉のような瞳も赤。つま先から地面に一番近い関節までの毛が一際長く色が濃く、全体的に炎の化身のような風貌をしている。

またがっている娘は、癖のある赤毛を打ち振りながら、水色の目をつむった。左目は前髪に覆われていて見えない。左目はほとんど視力がないので、晒《さら》しているとピントが合わずむしろ邪魔だった。

「ねえルイン。砂漠ってさ、見応えがないよね。どこまで行っても砂ばっかりだから」

娘に話しかけられた狐は、その大きな口を開き、牙の隙間から正確な人語を発した。

「そうだな。食べ物もほとんどないしな」

「そうなの！　あたしたち、もう何日お肉を口にしてないと思う⁉　数えてみたんだけどね、なんと三十日！　三十日もお肉を食べてないんだよ！」

「そんなにか……どうりで力が出ないはずだ。アイラ、進む方向は合ってるのか？」

ルインに問われ、アイラは腰にくくりつけたポーチからコンパスを取り出した。

「うん、大丈夫。合ってる」

「ならばとにかく、進むしかないな。まあ、アイラの結界魔法のおかげで暑さは防げているわけだし、先に行くしかないだろう」

ルインが言う通り、アイラたちにはジリジリと身を焦がすような焦熱《しょうねつ》地獄もどこ吹く風だった。なにせアイラは、水属性の結界魔法が使える。そのおかげで砂漠でもヒンヤリ快適だ。とても便利。

ちなみに夜の震えるような寒さは、火属性の結界魔法とルインの元々の体温の高さとでやり過ごしていた。ルインはもふっとしていて暖かい。くっついていれば寒さ知らずだ。

気温の変化が激しく過酷な環境の砂漠だろうと、アイラにとってはそこら辺の平原と変わらない。

ただ一つ、食料の乏しささえ解決できれば。

見渡す限り何もない不毛の大地を、アイラを乗せたルインが疾走する。いくつかの砂丘を越えたところで、二人は同時に「あーっ！」と声を上げた。

「ルイン、オアシス！　オアシスがあるよ！」

「そうだなアイラ。オアシスだな！」

砂漠の真ん中に突如現れた緑の土地。蜃気楼《しんきろう》などではなく、あれは正真正銘、本物のオアシスだ。

「やったー、オアシス！　なんか食料あるかな。お肉とか！」

「うむ。肉があるかもしれないな！」

オアシスにあるのは水と緑であり、肉があるわけがない。せいぜい湖に魚がいるくらいだろうという常識的な意見を述べる存在はここにはいない。

アイラとルインは俄然《がぜん》やる気を出し、ルインの足はすさまじく速くなった。砂を撒《ま》き散らしながらオアシスに向かって突っ込んでいく。

あまりの速度に姿がぶれ、さながら砂漠に自然発生した火球のように見えた。火球と化したアイラとルインは、豪速球でオアシスへと到達し、「着いたぁ！」「着いたぞ！」という喜びの声を発しながら、背中に陽光を浴びつつ緑の地面に降り立つ。

しかしここは、魔物はびこる死の大地ゴア砂漠。アイラとルインが飛び込んだオアシスには、先客がいた。

黒く蠢《うごめ》く鎧《よろい》のように頑強な皮膚を持つ、巨大なミミズに似た魔物が数十体、突如侵入したアイラたちを見つめていた。

「げっ、やば。ここ、魔物の休息場所だったみたい」

「のようだな」

アイラとルインは魔物を見上げた。

「砂漠に住む、デザートワームかな？　なんかあたしが知ってるデザートワームより頑丈そうだけど」

「亜種かもしれん」

アイラはルインから降りて構えを取った。腰のベルトに挟まった得物を握る。

アイラのベルトには、種々の刃物が収納されていた。それらは剣や斧《おの》といった純粋な武器とは違う。

たとえば、掌《てのひら》サイズで皮を剥《む》いたり果菜類を切ったりするのに最適な果物ナイフ。

たとえば、ざくざくと葉物野菜を切ったりと普段使いにぴったりの包丁。

たとえば、パンを潰さずさっくりと切れるパン切り包丁。

そして今抜き放ったのは、肉切り包丁と骨切りナイフの間のような形状の刃物――アイラ愛用の調理器具、ファントムクリーバーだ。

手に馴染《なじ》む絶妙な形にカーブした柄を握りしめ、アイラは走った。視界の端でルインが別個体に襲い掛かるのを見ながらも、目の前のデザートワームの亜種に意識を集中する。

土中に体を半分埋めたままのデザートワームが、アイラに向かって猛撃を仕掛けてきた。頭部全体を覆う口を開けば、びっしりと隙間なく生えた鋭い牙がよく見える。

「キモッ」

口を開けたまま迫るデザートワームの亜種の攻撃を冷静に見切り、避《よ》け、間合いを詰める。

右手に持ったファントムクリーバーに魔力を流し込む。

アイラの魔力を流し込むことで変幻自在に形を変えるクリーバーが、刃先に炎を宿らせて刀身を伸ばす。

アイラを丸呑《まるの》みしようと襲いくるデザートワームに向かってあえて跳躍し、両手でクリーバーを握りしめ、口内ど真ん中から横に振るった。

炎を纏《まと》って本来より長くなった刀身が、デザートワームの口を裂く。ボンッと炸裂音《さくれつおん》がして、裂けた部分が焼け焦げた。デザートワームは苦悶《くもん》の声を上げていたが、まだ生きている。

アイラは左手をかざした。魔力が収束し、赤い光が生み出される。トリガーになる呪文を唱えた。

「フレイムバースト‼」

アイラの左の掌から放たれた、高密度に圧縮された魔力の込められた火球がデザートワームの大口へと吸い込まれ、内側から爆発した。黒煙を上げて倒れ伏す三十メートルはあろうかという巨体が砂漠に叩《たた》きつけられると、衝撃で地面が揺れてオアシスの植物が潰された。

まだ攻撃は終わらない。アイラは別個体に視線を走らせる。

どうやらこの場所は、デザートワームの巣らしい。土足で安息の地を踏みにじられたデザートワームが怒り狂うのも無理はない。

けれど、アイラたちだって負けられないのだ。

何せ第二の故郷を失ってから約三十日。ろくなものを食べていないし、休憩だってまともに取っていない。ここらできれいな水で思い切り水浴びをし、心ゆくまで柔らかな緑の草の上に寝そべり、安息を得たい。

そのためには魔物共を駆逐する必要がある。

「無駄な殺生は好きじゃないんだけど……今回ばかりは仕方ない！　美味《おい》しく食べてあげるから許してね！」

ルインが炎を纏って体当たりするのが見えた。火狐族《ひぎつねぞく》という、神獣の一種らしいルインには、

インには、おそるべき力が秘められている。デザートワーム如《ごと》きに後れをとるはずがない。

爆発音、魔物の断末魔、地面に巨体が叩きつけられる音が断続的に続き、静かになった時には、アイラとルイン以外に立っている者はいなかった。

「ふぅ……勝った！」

「勝ったな」

額の汗を拭ってクリーバーを腰ベルトの鞘《さや》に納め、勝利を口にするアイラに、ルインも同意した。

たった今倒したばかりのデザートワームたちを見つめていると、ルインが顔を近づけてフンフンと匂いを嗅ぎ、それからちらりとアイラを見つめた。

「こやつら、どうやって食う？」

「うーん……とりあえず表面がすごい堅そうだから一度鱗《うろこ》を削《そ》いでから考えようかな」

「オレならばそのままバリバリと食えるが」

「生のデザートワームは生臭すぎて、さすがのあたしも食べるのにちょっと苦労するよ」

「確かに味がついている方が美味なのは確かだ」

「唐辛子とニンニクと粗ごし糖があれば、スイートソースが作れてデザートワームと相性抜群なんだけど」

アイラは腰に手を当て、オアシスを見回す。緑豊かで湖には清涼な水を湛《たた》えたオアシスは、この砂漠にあって文字通り命を回復させる場所だ。背の高い植物が生えているおかげか、心なしか日差しも和らいだ気がする。

「まあ、さすがにソースは作れないにしても、他にも食べられそうなものがありそうじゃない？」

「探してみよう」

手分けしてオアシスの中を探索していると、ルインが吠《ほ》えるような声を上げた。

「アイラ、見ろ。これは食べられるんじゃないか」

「え、どれどれ……あ、これって、砂漠のトリュフじゃん！」

ルインがフンフンと匂いを嗅いでいるものを見たアイラは、水色の瞳をパッと輝かせた。

にょきにょきと生えている、白い岩みたいなものは、砂漠において貴重な食料になるキノコ。

通称砂漠のトリュフだ。

「やったね！」

いそいそとキノコを収穫する。

「こっちの木には果物のようなものが実っているぞ。なんだこれは」

「ダクテュロスだね。これも美味しいやつだよ」

「よく知っているな」

これを聞いたアイラはちょっと眉を吊《つ》り上げてルインを見た。

「前にシーカーと別の砂漠を旅した時、説明してたよ。ルインだって聞いてたと思うけど」

「そうだったか？　まあ、名前というのはあまり重要ではない。大切なのは食えるかどうかという点で、しかもアイラの手にかかれば美味しく食べられるのだから、そこさえわかっていれば十分だろう」

「まあ、確かにね。あたしの手にかかれば、どんな状況、どんな食材だって美味しく調理してみせるけど」

アイラは服の下で存在を主張する胸をドンと叩いた。

草むらの上に、手に入れたばかりの食材を並べる。アイラは両手でそれらを示し、じゃーん、と大袈裟《おおげさ》な身振りを入れた。

「今日の食材は、黒いデザートワームの肉と、砂漠のトリュフと、ダクテュロスだよ！」

「おぉ。豪勢だな」

「でしょ？　ほとんどずっと、サボテンステーキばっか食べて生きてたもんね」

「サボテンステーキがマズイとは言わないが、味気ないからな」

「ほんとにね……せめてもっと調味料でもあればよかったんだけどね……着の身着のままで出てきちゃったから、何もないんだよね……鉄鍋と塩は持ち歩いてて良かったよ」

必要最低限の調理道具を持ち歩くのがアイラの癖なのだが、それが功を奏した。

とはいえ、ギスキアナ山脈を越えてゴア砂漠に入ってから既に十日ほど経《た》つが、その間ほぼずっと塩を振って焼いたサボテンステーキばかりを食べていたのだから、いい加減飽き飽きしてしまう。力も出ないし。

なので今回のオアシスでの食材収穫は、かなりテンションが上がる出来事だった。

「まずは下ごしらえをするよ。デザートワームからだね」

グロテスクな見た目のデザートワームだが、鎧のような黒皮を剥ぐと、白っぽい肉の部分が露出する。これがプリプリとした食感で、淡白な味なので濃いソースなどに絡めると相性抜群なのだが、今回は塩で我慢だ。

「お次は、砂漠のトリュフでーす。砂漠のトリュフは外皮がすんごい硬いから、厚めに剥くよ」

果物ナイフを取り出して、人差し指をナイフの峰に添え、親指でキノコを固定。残る三本指でナイフの柄を掴《つか》むと、外皮をかなり厚めに剥いた。

少しもったいない気もするが、これは必要な処理だ。皮をどんどん剥いていき、鉄鍋にぽいぽい投げ入れた。

「最後に、ダクテュロスだね」

アイラは鶏卵ほどの大きさの木の実を地面に少し埋めるように置いて固定した。

木の実の頭頂部にナイフを突き立てて、石で叩いて圧力を加え、割れ目を作る。亀裂に沿ってパカッと開くと、中からザラザラと干し葡萄《ぶどう》のようなシワシワの種がたくさん流れ出した。

この種が可食部だ。果肉の栄養を存分に吸い尽くした種は食べ頃で、その甘みは食材に乏しい砂漠でのご馳走《ちそう》となる。

「ダクテュロスがあって良かったぁー」

「見ろ、アイラ。こうすると簡単に亀裂が入るぞ」

ルインが木の実をひとつ咥《くわ》えて顎に少し力を入れると、ピシッと殻に稲妻形の亀裂が走った。

「あっ、本当だ。それ楽でいいじゃん。どんどんお願い」

アイラはルインの歯の間の実を取り、両手の指に少し力を加えて開く。

共同作業により、簡単に中身が取り出せた。

黙々と木の実を開けていると、食べたい衝動に駆られる。

小指の爪ほどの種は、ぎゅっと甘みが凝縮されていて、噛《か》めば噛むほどその味わいが口の中に広がるのだ。見ているほどにアイラの食べたい欲求は膨らんでいき、我慢できなくなった。

「つまみ食いしちゃおうっと」

「おっ、それはいい考えだな」

アイラは種を無造作に掴むと、一気に五、六個口の中に放り込んだ。ルインは豪快に、殻ごとバリバリと食べている。

「〜〜〜〜!!」

三十日ぶりに甘味を口にしたアイラの口内に幸せが弾《はじ》けた。

水分がほとんどない乾燥した状態の種は、アイラの予想した通り甘みがとんでもないことになっていた。砂糖とはまた異なる、果実特有のねっとりとした甘さが舌の上に転がる。

「美味しい！」

「うむ、美味《うま》い！」

二人は一心不乱につまみ食いした。

アイラは木の実二個分、ルインは木の実十個分は食べたであろうか。そうしてはっと我に返った二人は、顔を見合わせた。

「アイラ、これはこうやってこのまま食べるのか？」

「このままでも美味しいんだけど、すでにめっちゃ食べちゃったし、今日はせっかくだから他の食材と一緒に炒《いた》めちゃうよ！」

アイラは残っている種を先ほどデザートワームの肉とキノコを入れた鍋に投入した。

「よし、じゃあ、お料理していくよ」

アイラは適当に拾った石を積み上げて作った即席かまどの内部に火魔法で火をつけ、上に鉄鍋を置いた。

「熱した鉄鍋の上で、デザートワームの肉と砂漠のトリュフを焼きまーす」

アイラは解説しながら、ウキウキとこま切れにしたデザートワームとキノコを炒めた。

アイラは常時、調理道具とスプーンとフォークとカップと皿を持ち歩いている。そしてこの時ほど、持ち歩いていて良かったと思ったことはない。

「『備えあれば憂いなし――何があってもいいように、必要最低限のものは常に持ち歩いたほうがいい』。シーカーの言うことはいつもその通りだね」

「そうだな」

焦げ付かないよう、かつ中まで火が通るように気をつけつつジュージューと焼いていく。

熱されたデザートワームから脂が流れ出たので、食材が鉄鍋に焦げ付かずにいい感じの焼け具合となっていった。

鉄鍋は便利だ。炒め物にも煮物にも揚げ物にも使える。まさに万能調理器具である。これ一個あれば旅先での食事がまかなえるとシーカーは言っていたのだが、まさにその通りだ。

重宝しまくっている鉄鍋で、しばらくぶりにまともな食材を使って料理していく。火が通りきる前に塩を投入した。

やがて周囲になんともいえない良い香りが漂ってきた。

肉の焼けるあの独特な香ばしさと、キノコの芳醇《ほうじゅん》な香り、ダクテュロスの甘い匂いが渾然《こんぜん》一体となり、サボテンステーキばかりを詰め込んでいた胃袋をダイレクトに刺激する。

「めっちゃ良い匂い！」

「うむ」

ルインがガラス玉のように大きな瞳を輝かせて頷《うなず》いた。

そうして出来上がった料理は、寄せ集めの食材を使ったとは思えないほど良い見た目のものになっていた。

「名付けて『盛りだくさん！　砂漠の珍味のソテー』だよ！」

完成した料理を、二つの皿に山分けした。どっさり盛られた料理は、太陽の光を受けてキラキラと輝いている。

火が通ったことにより白身魚のような色合いになったデザートワームの肉と、断面がじゃがいもに似た砂漠のトリュフ。そこに輝く、黒い小粒のダクテュロス。

誰がどう見ても、即席で作ったとは思えない。

街の飲食店で出しても十分通用する一品だった。

「「いただきまーす!!」」

アイラとルインは同時に言い、そして料理をがっついた。

まずデザートワームの肉は、肉というより海老《えび》のような食感と味だった。プリプリとしていて、噛み締めるとほのかな旨味《うまみ》が出る。あまり主張の強くない、さっぱりとした味わいだ。

それからキノコ。砂漠のトリュフは香りが良く、フォークを刺して近づけると鼻腔《びこう》に芳醇な香りが漂ってくる。ホクホクしていて、デザートワームの肉とは全く異なるその食感が面白い。味も、こちらの方が濃かった。

そしてダクテュロスは味付けに使った塩のしょっぱさと対比効果で甘みが引き立てられてい

て、料理にいいアクセントを加えていた。

料理に果物を加えるのは賛否両論あるところだが、アイラとしては大賛成だ。入れすぎると全体のバランスが崩れてしまうが、量に気をつければコクを出してくれる。特に、砂糖が手に入らない場合には重宝するのだ。

「やばい、美味しぃ……！　ひさびさにまともなごはん!!」

「やはりアイラの作る料理は美味いな！　ついてきて良かった！」

三十日ぶりとなるまともな食事を、二人は一心不乱に貪った。

「あぁ、満腹。ごちそうさま」

アイラは最後の一口を口に運ぶと、スプーンを皿の上にカランと落とした。顔には非常に満足した、至福の表情を浮かべている。

「なあアイラ。しばらくここで休憩しないか」

「いいね、賛成。そうしよう」

草むらに足を投げ出し、体を横たえた。

オアシスの湖面を通ってそよそよと吹く風は心地のよいものだった。

見上げた先にあるのは、どこまでも続く青空と、真上に浮かぶ丸い太陽。

「平和だねー」

「うむ、平和だな」

アイラとルインは、周囲に散らばる死屍累々《ししるいるい》のデザートワームは見て見ぬふりをして、そんなことを言った。

「バベルまで、もうちょっとかな」

「今しがたたらふくまともなものを食ったから、あと三十日くらい平気で旅を続けられるぞ」

「流石《さすが》にもうちょっと早めに着いて欲しいなとあたしは思うけど」

アイラの脳裏に浮かぶのは、失った第二の故郷で耳にした都市のこと。

世界樹の恩恵から遠く離れた地に存在する冒険者たちの楽園——巨大な塔型の都市、バベル。

アイラは冒険者ではなく、料理人だ。

それでも通称「冒険者都市」と呼ばれるその地を目指していた。

理由は簡単。海と森と雪山と砂漠という気候に囲まれたバベルには、ありとあらゆる食材が集まっていて、一度に色々なものが食べられるからだ。

アイラは食に並々ならぬ執念を燃やしている。

それには、彼女の生い立ちが深く関係していた。

第一章

カリッと焼いた極上ドラゴンステーキ

The exquisite gourmet life of a hungry chef who goes with fluffy.

1

1 捨てた命と第二の人生

ひもじいは辛《つら》い。

お腹《なか》が空《す》くと眠れないし、力が出ないし、心も体もどんどんボロボロになっていく。死ぬほどの空腹に喘《あえ》いでも、道端の石ころみたいに扱われて、誰も見向きもしないのだ。

八歳にしてアイラには親がいなかった。住んでいた村が魔物に襲われ滅んでしまったので、アイラたち親子は食べ物と仕事と家を探して国中を移動していた。

父は旅の途中で魔物に襲われて死に、母は病気で亡くなった。涙を流す水分すら体内にはなく、埋葬する元気もないままアイラは次の街に向かったのだが、もはや気力も体力も限界だった。

足がもつれて平野で倒れる。

街の外は魔物でいっぱいだ。世界の中心たる世界樹の恩恵から外れた土地では、人よりも魔物の方が多く存在している。だからこんな平野で倒れてしまっては、たちまち魔物の餌になってしまうだろう――父のように。

それでももうアイラには体を動かす力など欠片《かけら》も残っていなかった。

どうせ生き延びたっていいことなんてない。

次の街でも、きっとよそ者のアイラを受け入れてくれなどしない。ならばここで死んじゃってもいいかな。うん、きっと、それがいい。死んだら魂は世界樹に還り、女神ユグドラシル様の下で永遠に幸せに過ごせるのだという。

ならそのほうがいいんじゃないかな。

きっとお父さんとお母さんもいるだろうし。

死を覚悟した八歳のアイラは、目を閉じる直前、霞《かす》む視界の中で踏み締める靴音を確かに聞き取った。

＊

「――んえ……」

「あ、目が覚めた？」

次に意識を取り戻した時、アイラはふかふかな毛の中で目を覚ました。毛布だろうか。赤と橙色が混じり合った風変わりな毛布と思《おぼ》しきものは、まるで布自体が発熱しているかのような、人肌以上の温《ぬく》もりを感じて心地いい。

視線だけを動かすと、爆《は》ぜる焚き火越しに柔らかな笑みを向けてくれる男の人がいた。

濃茶《こいちゃ》のまっすぐな髪を持つ、綺麗《きれい》な顔の人だった。炎に反射して、金にも銀にも白にも揺らめく神秘的な瞳が特徴的で、まるで満月のように輝いている。

視界がおかしい。狭い気がする。

アイラが左目に手をやると、包帯が巻かれているのに気がついた。お兄さんは眉尻を下げ、申し訳なさそうな顔をする。

「長らく栄養状態が良くなかっただろう。左目の視力は戻らない可能性が高い」

そう言われても、別段絶望感のようなものは湧かなかった。死のうとしていた身だ、今更片目が見えなくなったところでどうということもない。

それよりもアイラは、このお兄さんのことが気になって仕方がなかった。

「お兄さんは……」

「きみが倒れているのをたまたま見つけたから、助けたんだ。ヴェスペリーニャ平野で人に会うのは珍しい。おまけにどう見ても冒険者でも傭兵《ようへい》でもない、小さな女の子なんだから尚更《なおさら》だ。なにせ世界樹から離れた場所では、普通の人なんて滅多に見かけないから」

お兄さんは焚き火に枯れ枝を折ってくべながら穏やかな声で言う。聞いているだけで心が和む、不思議と人を落ち着かせる声だった。

「住んでいた村がなくなっちゃったから……他の街に行こうとしてて」

「なるほど。でもこの辺りの街によそ者を受け入れる余力はないんじゃないかな」

アイラはこくりと頷いた。

「だからもう、死んでもいいって思って」

アイラはふかふかな毛布に身を横たえたまま、か細い声を紡ぐ。暖かくて落ち着く。このまま一度目を閉じて、一生目を開けたくないと思った。魔物に食い殺された父や、硬い地面に打ち捨てられた母に比べたら、とても贅沢《ぜいたく》な死に方だろう。

お兄さんは、ちょっと困ったような笑みを浮かべた。

「実際、その方が楽かもしれないね。希望を抱いて新たな場所に行き、また絶望するくらいなら、女神様の下に還ったほうが幸せだ」

「うん」

パチパチと薪《まき》を焦がして炎が昇る。

その時、久しく嗅いでいなかった良い香りがアイラの鼻腔に届いた。

これはミルクを温める香り。それも、野菜や肉などが溶けて煮込まれた、複雑な香りだ。よく見ると焚き火には鍋がかけられていて、そこから湯気が立ち上っている。

アイラのお腹がグウと鳴る。嗅覚が刺激されていやが応にも空腹を思い起こさせた。もう何日、食べていないだろう。最後に食事したのがいつかさえアイラには思い出せなかった。

「お腹空いてるかい」

「うん」

素直に頷くと、お兄さんはお椀《わん》に鍋の中身をすくって入れてくれた。

「どうぞ」

スプーンと共に渡されたお椀を受け取る。おそるおそる中を見た。

ごろっと大きめに切られた野菜と肉がたっぷりと入っている。ここ数ヶ月はほとんど朝露と雑草と木の実しか口にしていなかったから、きちんとした食事などかなり久しぶりだ。

ゴクリと生唾を飲み込んだアイラは、お椀に口をつける。

種々の食材が溶け出したミルクスープは、それだけでご馳走だった。骨と皮だけになってし

まったアイラの体に栄養が染み渡る。

美味しい。

温かいスープが、泣きそうになるくらい美味しい。実際に涙がじわっと流れ出て頬を伝う。

泣きながらスープを食べた。

スプーンを動かし夢中で食べた。柔《やわ》らかい野菜とお肉が、アイラの空っぽな胃袋の中に入っていく。

あっという間に一杯目のスープを食べてしまうと、お兄さんは二杯目を盛ってくれた。三杯でも四杯でも、アイラが満足するまでおかわりさせてくれて、途中でパンまでくれた。ふかふかのパンは噛み締めるたびに素朴な小麦とバターと砂糖の味がして、とても美味しかった。

そうして心ゆくまで食事をして満腹になったアイラは、ようやく周囲を気にするだけの余裕が生まれた。

まず気がついたのは、アイラがずっとよりかかっていた柔らかなふかふかの暖かいものが、生き物であるということだ。

巨大な体は全身が赤と橙色の美しい毛に覆われており、前足についた鉤爪《かぎづめ》一本がアイラの手ほどもある。尻尾はまるで今目の前で燃えている焚き火がそのままかたまったかのような形をしており、炎そのものに見えた。間近に迫った半開きの口には鋭い牙がびっしりと生えており、赤くきらめく瞳はアイラを捉えて映し込んでいた。

思わずアイラは息を呑んで叫んだ。

「わっ、ま、魔物!!」

慌てて離れたアイラであるが、尻餅をついて転んだ。お兄さんは爆笑した。

「ルインは神獣《しんじゅう》の一種の火狐族で、魔物じゃない。火狐族は獰猛《どうもう》で攻撃的だけど、ルインは穏やかな性格だ。おかげで身内争いで自滅した仲間たちの輪に入らず、こうして生き延びたんだし」

その言葉に応じるように、燃える焔《ほのお》がそのまま具現化したような毛並みを持つ狐に似た生き物は「キュウ」と言い、前足に頭を乗せて寝てしまった。

ひとしきり爆笑したお兄さんは、アイラを優しく見つめながら尋ねてくる。

「君の名前を聞かせてもらってもいいかい」

「……アイラ」

「いい名前だ。俺はシーカー。冒険者をやっている」

「冒険者……」

話に聞いたことがある。冒険者というのはこの世の秘境や人跡未踏の地に行き、希少な素材や強力な魔物を狩って生きる人たちの総称だ。過酷な世界を生き抜くため、普通の人には使えないさまざまな魔法や技を使えるのだという。

シーカーと名乗ったお兄さんは、確かにアイラがこれまで見てきた村の人たちとは異なる格好をしていた。

全体的に軽装なのだが、村人たちとは違い長旅を前提にした動きやすそうな服装。隅には年季の入ったリュックが置かれている。

耳に嵌《は》まった金色のピアスが焚き火の光に反射しているのを見て、お兄さんの耳が少し尖《とが》っていることに気がつく。尖った耳はエルフの証《あかし》だ、とかつて母が読んでくれた童話に書いてあった。するとお兄さんは世界樹の中に住むという伝説の種族、エルフなのだろうか。

お兄さんはなおも、穏やかな声を出した。

「さて、アイラ。まだ死にたいと思う？」

聞かれてアイラは即答できなかった。

先ほどまでアイラは確かに死にたかったはずだ。空腹でひもじくて辛くて、体が全然動かなくて、父も母も死んでしまって、生きていても仕方がないと思っていた。

今はどうだろうか。

一度諦めた命だったのに、お腹がいっぱいになって手足が動くようになった途端、なんだか惜しくなってしまった。今死ぬのは、とてつもなく恐ろしい。

ボロボロの衣服の裾をぎゅっと握ったアイラは、首をフルフル横に振る。

お兄さんは頬杖《ほおづえ》をつき、焚き火ごしにアイラに柔らかな視線を送ってくる。

「ん、そうか。話は変わるけど、アイラにはたぶん魔法の素質がある」

「魔法の？」

「そう。得意属性の魔法がある場合、髪や目の色に現れることが多い。君は見事な赤髪と澄んだ水色の目をしているから、きっと火魔法と水魔法両方が使えるはずだ。どう？　どうせ行くところがないのなら、しばらく俺と一緒に旅をして魔法を覚えてみないか」

この提案は、頼れる人が誰もいないアイラにとってとてつもなく魅力的だった。

ほとんど何も考えずアイラは首を縦に振る。

シーカーは破顔した。

「なら、今日からよろしく」

「よろしく、お願いします」

アイラが寄りかかっている、火狐族のルインが、再びキュウと高い鳴き声を発した。

＊

アイラとシーカー、それに火狐のルインは、ほとんど街に立ち寄らず各地を放浪して歩いた。旅を始めてすぐに気がついたのだが、シーカーの料理はほぼ魔物を食材としていた。魔物というのは野生動物よりもはるかに凶悪で、一般人にはとてもではないが倒せない。故に魔物を食材にするという発想自体アイラにはなかったのだが、シーカーにとってはそうではないらしい。

ある日シーカーは平野に現れた半透明の魔物スライムを前にして、アイラに言った。

「いいかい、アイラ。魔物っていうのは強さがピンキリなんだけど、スライムは最弱だ」

「さいじゃく」

「そう。今のアイラなら余裕で倒せるからやってみてごらん。できれば火魔法じゃなくて水魔法がいい」

「わかった」

アイラはシーカーの言う通り、スライムを前に仁王立ちし、覚えたての水魔法を放ってみる。

初級魔法のウォーターアローは指先から魔力の塊を水に変換して撃ち出すというものだ。圧縮した水の塊が正確にスライムのプルプルボディを捉え、貫通する。「ピィッ」という断末魔を残してスライムはぼてぼてと弾み、動かなくなった。シーカーが革の手袋をはめた手でパチパチ拍手する。

「おめでとうアイラ。今君は初めて魔物を倒した」

あまり実感は湧かなかった。シーカーと共に近づいて見てみれば、スライムは確かに死んでいるようだった。

「……でも、どうして水魔法なの？　火魔法でもよかったんじゃない？」

「それはね、火魔法で倒してしまうと貫通する時に傷口が焼け焦げて使い物にならなくなるからだ。見ていてごらん」

シーカーはスライムの体を片手で持ち上げると、反対の手で魔法を放つ。水属性の上位魔法、氷魔法アイスブロック。カチカチになったスライムを、シーカーは魔法で生み出した石を使って砕いてしまった。

「一粒どうぞ。舐めるとひんやりして美味しいよ」

親指の爪ほどに砕かれたスライムを恐る恐る受け取った。薄水色のそれは、陽《ひ》の光に当たると透き通ってキラキラしていて、まるで宝石みたいに綺麗だった。ひんやりとつめたいスライムのかけらをそうっと口にする。

「！」

途端、アイラの水色の目は輝いた。

ほんのり甘みのあるスライムのかけらは、まるで氷菓子のようだった。

「どう？」

「おいしい……！」

「それはよかった。旅をしていると、僅かな甘みでもご馳走になるからね」

にこりと微笑《ほほえ》むシーカーにアイラもとっておきの笑みを返す。

シーカーとの生活は楽しい。

夜眠る時には結界を張ってくれるので森の中でも岩場でも魔物に襲われる心配はないし、雨も風も防いでくれる。それにルインにもたれかかると、もふもふで人より高めの体温が心地よくてすぐに眠りに落ちてしまう。

アイラはシーカーとルインとともに放浪する生活を五年ほど続けた。

五年の間にアイラの魔法の腕はめきめきと上がり、同時に魔物を解体・処理・調理する技術も上達し続けた。

アイラの左目は、最初にシーカーが言ったようにほとんど視力を取り戻せなかった。ただ、魔法を覚えて身体《からだ》を鍛えた結果、見えなくても補って余りある力を手に入れたので不自由はしていない。半端に見えても邪魔なので、前髪を伸ばして流し、左目を覆い隠すようにした。

この世界は過酷だ。

世界樹の周辺には人間の国家がいくつもあったが、世界樹から離れるほどに少なくなっていき魔物の生息地域となっていく。しかしシーカーは魔物も過酷な天候ものともしない。いつでもにこやかな笑顔でどんな状況でも飄々《ひょうひょう》としている。

アイラはシーカーから、生き抜く術《すべ》を教わった。

そしてアイラが十四歳になった時、二人と一頭はとある街へと立ち寄った。

――世界のゴミ溜《た》めと呼ばれている、この国で最も治安の悪い都市ダストクレストである。

そこは、非常に劣悪な環境の都市だった。

路上に人がうずくまり、盗みも殺人も頻発し、ゴミと共に死体が放置されるような街。それがダストクレスト。

シーカーは街に入るなりたちこめる異臭に顔を顰《しか》めた。

「これはまたひどい街に来てしまったな。用事を済ませたらさっさと出よう」

ほとんど人里に立ち寄らないシーカーであったが、たまにこうして都市に寄る。成長期のアイラの衣服や靴を買うためだ。

どれほど過酷な環境にいようとシーカーの服はなぜだか全く綻びたり破れたりしない。どうやら特殊な繊維をさらに特殊な方法で編んで作っているらしい。

一方のアイラは服も靴もごく普通のものを使っているため、破れるし壊れるし、そもそも身長が伸び盛りなのでキツくなってしまう。

なので旅の途中で近くに都市があればそこで買うようにしているのだ。

ダストクレストにはろくな服が売っておらず、売ってる服もほとんどが盗品か死体から剥ぎ取ったものではなかろうかというものだった。元の持ち主の怨念とかがこもっていそうな服か、血糊《ちのり》がついた服などを見たアイラとシーカーは辟易としたが、そんな中でもマシそうな物を見繕って買う。

店主がジロジロとアイラを見て、「お嬢ちゃんの服ぅ……いらねえなら、今ここで脱いでいかねえか？　高く買い取るぜぇ」と言うので、丁重にお断りをした。

一刻も早く街を出ようとする二人の元に、住人たちが立ちはだかる。

大人も子供も手に武器を持っており、目がギラついていた。

リーダー格の男の「身ぐるみ全部置いていきなぁ！」という言葉と共に一斉に飛びかかってくる住人たちを一網打尽にしたのはシーカーでもルインでもなく——アイラだった。

シーカーは非常にのんびりとアイラに言った。

「一人で倒してみようか。ただし、いつも魔物にしているみたいに殺したらダメだよ」

「わかった」

うおあああっと一気呵成《いっきかせい》に襲いくる住人の目は血走っている。しかし、いつも凶悪な魔物を相手にしているアイラからすればどうということもない。

覚えた魔法で住人たちをコテンパンにしたアイラ。かかった時間はわずか五秒。シーカーもルインも指一本動かしていない。

ぷすぷすと黒焦げになった住民の命は誰一人取っていなかった。

一人の男が顔を上げる。

「お嬢ちゃん、つええな……」

「この過酷な世界を生き抜くために強くなったの」

胸を張ってアイラが言う。

「そうか、そりゃすげえこった。後ろにいる人も、さぞや凄腕《すごうで》に違いない。無礼な真似《まね》をしてすまなかった。だが俺たちはこうでもしねえと生きていけねえのよ。ここは世界樹から遠く離れた女神様の加護が及ばない土地……生きるために手段は選んでられねぇ」

「それなら魔物を狩って生きればいいんじゃない？」

首を傾《かし》げて疑問を呈するアイラに男は首をゆるゆると振る。

「そんなことをできるのは、限られた人間だけだ。俺たちにできるのはせいぜい街に来た人間を縛り上げて身包《みぐる》み剥ぐくらいのもんよ。お嬢ちゃんみたいに強い奴《やつ》は弱者の気持ちなんかわからねえんだ」

この物言いにアイラはカチンとした。

「いい歳《とし》した大人がそんな風に人生諦めて、恥ずかしくないの？　あたしは魔物に村を焼かれたせいで住むところをなくして、旅の途中でお父さんもお母さんも死んじゃって、自分も死ぬ寸前だった。シーカーに助けてもらって死に物狂いで魔法を覚えて今まで生きてきた。あなたたちは少なくとも、住む街があるのに、どうしてそういう考え方しかできないの。同じ人間相手に暴力を振るうんじゃなくて、外にいる魔物をどうにかする方がよっぽどいいに決まってる」

「だが……」

「魔物を倒せば毛皮や牙や爪が素材になるからそれを売ればお金になるし、肉は食材にもなるんだから、やらない手はないでしょ」

そうしてアイラは胸をドンと叩いた。

「あたしにだってできたんだから、あなたたちにできないわけない。ほら、手伝うからやってみようよ」

男を筆頭に住人たちは顔を上げ、顔を見比べ、そうしてゆっくりと頷く。

かくしてアイラ指導の下、住民たちは一致団結し、周辺の魔物を狩って血の一滴たりとも無駄にすることなく素材とし、周囲の都市に売ることで生計を得るようになった。はじめはシーカーとルインが素材の運搬を請け負ったが、金になると目をつけた運送業者が介入した。アイラはずっと魔物を狩るための指導をし、狩った魔物の料理を請け負った。

そしてアイラの料理好きがダストクレストで開花した。

今までシーカーと共に流浪の旅をしていた時には、煮込み料理か串焼きがほとんどだった。旅の間は必要最低限の道具で済ませなければならなかったので当然だ。別にアイラもそれに何の疑問も不満も抱かなかった。

しかしダストクレストは――まがりなりにも都市である。

包丁が料理で材料を切るより人を脅すのに使われていたとしても、フライパンが鈍器と化していても、鍋の蓋がささやかな盾代わりになっていたとしても、調理器具であることに変わりはない。

アイラが魔物を狩るようになってから、かつては料理人だった住民が、昔の記憶を思い出して再び鍋を振るうようになった。

するとどうだろう。

アイラが狩った魔物たちが、より美味しい料理へと変貌するのだ！

初めて食べたオレガノドンのコンミートは絶品だった。

苦労して倒したハーブ系魔物オレガノドンの肉に塩をすり込み、オレガノドンの頭に生えている葉と一緒に一晩置いた後、コトコトじっくり煮込んで身がほろほろ煮崩れるまでやわらかくする。

そうして煮込んだオレガノドンのコンミートの味は――画期的だった。衝撃だった。一口食べたアイラは頭をフライパンで殴られたかのような衝撃が走った。

肉の大きさ自体は茹《ゆ》でたことで脂が溶け出し縮んでしまっているものの、旨味が凝縮されており、そこに塩気とオレガノドンの頭のハーブとが相まって絶品となっていた。美味しい。すごく美味しい。

また、ダストクレストの住民は、スライムの氷漬けを世にも美味なる氷菓子へと変貌させた。

ある日、甘いものが食べたくなったアイラが氷漬けスライムを大量に持ち帰ると、料理人のソウがおもむろに無数の突起がついている器具でスライムをゴーリゴーリと削っていった。

本人の話では、ソウは国一番の料理人だったのだが、ある日来店した貴族と揉《も》め事を起こした咎《とが》でダストクレストに流されたのだと言う。

「だってよ、その貴族、空気が汚れて不快だから先に来ていた平民たちはみんな帰れって言うんだぜ。んな奴、こっちから願い下げだっつうの」

ソウは力を込めてスライムを削りながらそう言った。スライムのひと削りひと削りに、その貴族への怒りを込めているかのようだった。どんどんスライムが削れていき、受け皿部分に溜まっていく。そして次に、主にパンに塗るために作っておいた木イチゴのジャムを取り出し、粒状になった氷漬けスライムの上からかけた。ソウは自信満々でこの未知なる料理をアイラへと差し出した。

「どうぞ」

受け取ったアイラがぱくりと口にしてみれば、それはひやりとした口当たりにシャリシャリした食感の、ほんのり甘い味がする、アイラが未《いま》だかつて食べたことのない絶品スイーツだった。

水色の目を白黒させながらアイラが叫ぶ。

「すごい！　スライムがすっごく美味しいデザートになっちゃった!?」

「はっはっは！　どうだ、ソウ様自慢の逸品は美味いだろ！　俺の故郷の料理で、かき氷っつうんだ!!」

「かき氷！　美味しい!!」

「だろだろぉ!?　よおし、もっといろんな料理を教えてやるよ!!」

この体験からアイラは料理が好きになった。

餓死寸前まで追い込まれたせいで食への執念が人一倍強かったのだが、料理という、食材をさらに美味しくさせる方法に出会ったことで、アイラの中の何かが劇的に変わった。

ここからのアイラは、いかにして美味しく食べるかに命をかけていると言っても過言ではない。

そうしてダストクレストでただひたすらに魔物を狩り、魔物を料理し、魔物を食す生活を一年ほど続けた時――シーカーは言った。

「俺はそろそろこの街を出るよ」

「えっ」

驚いたアイラは、握りしめていたグリフィンの肉を取り落としそうになった。

グリフィンは非常に筋肉質な魔物なので、胴体の腹部分以外に食べられる箇所がない。おまけに腹部分も筋張っているので普通にしていればとてもではないが硬すぎて食べられたものではない。

臭みを取るためにカタバミをすり込んで一晩置いた後、じっくりコトコト二十四時間煮込むと不思議なことに、かたい筋はとろりと舌の上で蕩《とろ》け、臭みが強かった肉はマイルドな味わいになり、口にした瞬間ほろりと崩れる。

おまけにグリフィンの肉は、アクが強く多量に食べると人体に有害となるカタバミの嫌な部分を消し去ってくれるので、カタバミまでも美味しく食べられるようにしてくれるのだ。食べるまでに約二日間要するという部分さえ目を瞑《つぶ》れば、非常に有益な食材だ。

そんなグリフィンの肉を落としそうになり、しかし食材を落とすというのはアイラにとってあり得ないことなのでなんとか落とさないように力を入れ、肉の塊に指を食い込ませたままアイラはシーカーを見つめた。

シーカーは肉を握りしめるアイラを、いつもの穏やかな笑みを浮かべたまま見つめている。

「そもそも一つの街に留《とど》まり続けるのは、俺の性分に反しているからね。アイラが心配だったけど、もう大丈夫そうだし」

「そっか……そうだよね。ありがとう、シーカー」

「アイラはどうする？　一緒に行く？　それともここに住むかい」

「…………」

問われたアイラはうつむいて考える。

シーカーとともに流浪する生活も楽しい。魔物の解体方法を教えてもらえるし、食べられないと思っていた草花が思いもよらないものと掛け合わせることで美味しく食べられることを発見できるし、アイラが見たことのない珍しい動植物も食べられるのだと知ることができる。シーカーといることでアイラの世界は開け、広がり、無限の可能性を見出《みいだ》せた。未来は明るいのだと教えてくれた。

ただ、このまま街を去るのは惜しい気がしているのも確かだ。

ダストクレストは見違えるようにクリーンな都市になりつつある。人間ではなく魔物を狩り、採取した素材を売ることで生計を立て、まともな生活を送れるようになっている。拠点を定めて食材を調達し、あれこれと料理する生活は楽しい。

犯罪者の中には料理人がいて、料理を教わり、作って食べるのはアイラにとって至高のひとときである。

空腹は人を殺伐とさせる。お腹がいっぱいになればそれだけで思考がマイルドになる。満腹になったダストクレストの住民たちはそれまでの凶悪さから一変していい人揃《ぞろ》いだったし、協力して魔物狩りをするのも新鮮だった。

それはシーカーと共に放浪するのとはまた別の楽しさだ。

無言でうつむくアイラの上にシーカーの柔らかい声が降ってくる。

「……どうやらここに留まりたいようだね。それがいい。人の子は人の中で生きるのが一番だ」

「シーカー……」

「さみしい？」

「うん。でも、シーカーは街が好きじゃないの知ってる。今までありがとう。シーカーがいなかったらあたし、もうとっくに死んでいた」

「アイラは覚えるのが早いから、教えがいがあったよ。……なんだ、ルイン。お前もさみしいのか」

ルインがしきりにアイラに頭を擦《こす》り付けているのを見てシーカーが眉尻を下げた。

「困ったね。ルインが俺以外の人に懐くなんて珍しいんだけど……ルインも一緒に残るかい？」

「キュウ」

「でも、それじゃシーカーが一人になっちゃうよ」

「まあ、どうにかなるさ。ルインが連れになる前は一人だったし」

なんでもないことのように言うと、シーカーは立ち上がる。

「じゃあ、俺はもう行くよ」

「また会える？」

「会えるさ、きっとね」

ひとくくりにした濃茶色の髪をなびかせて、右手を上げたシーカーが街を出る。別れにしては気負いのない、ありふれた日常の一幕のようだった。

「ありがとう、シーカー！」

命を助けてくれてありがとう。

魔法を教えてくれてありがとう。

料理を教えてくれてありがとう。

今のアイラがいるのは全部全部シーカーのおかげだから。だから、精一杯の感謝の気持ちを込めて。……ありがとう、という言葉を送る。

これから先アイラはルインとともにダストクレストに居を構え、魔物を狩って調理して人々に振る舞い生きていこう。

そう、料理人として。

シーカーに救われたこの命で、アイラは美味しい料理を作ってみんなを笑顔にしていくんだ。

アイラの第二の人生はここからはじまるのだ。

それはきっと、楽しくて美味しくて笑顔にあふれた日々になる——。

❷ こうして第三の人生がはじまった

「――そんな幸せな日々もあったねぇ!!」

己の十八年の人生を振り返ったアイラは、腹の底から声を絞り出してそう言った。

今アイラは、ダストクレストを後にしてルインとともに森の中を疾走していた。

「幸せというのは儚《はかな》いものだ」

「ほんっっとうにそうだよね!!」

ルインの言葉に力一杯同意する。

シーカーといる時は喋《しゃべ》らなかったルインだが、アイラと一緒にいるようになってからは喋るようになった。曰《いわ》く、シーカーとは人語を発しなくても意思疎通ができたため喋る必要がなかったそうだ。

それにしても……。

アイラは後ろをチラリと振り返る。

ダストクレストがあった場所では派手に黒煙が上がっている。

ほんと、どうしてこうなった？

今日は久しぶりにとびきり美味しい肉が食べたいなぁと、意気揚々と森の奥に住む霊森竜《れいしんりゅう》を狩りに行った。

待っててねみんな、あたし、ぜったいに肉を取ってくるから！　そう請け負い、しかし残念ながらその日の狩りの成果はゼロだった。悲しい。悲しみに暮れながら帰ったら、なんと都市が丸ごと焼き尽くされていた。もう、目が点である。

「数日前に国のお偉いさんが視察に来ただろう。それじゃないか」

「都市掃討作戦ってやつ？　国中丸ごと綺麗にしようって」

「うむ。ゴミ溜めは燃やし尽くすとかそんな話をしていたはずだ」

「でもさぁ、結構頑張って綺麗になったと思ったのに、まさか丸ごと燃やされるなんて思わないじゃん」

「住民たちの心は綺麗になったが都市の見た目は相変わらず汚ぃままだったから、燃やされたのだろう」

「自分勝手な考えだなぁ〜」

ため息をつくアイラはダストクレストから目を離して前を向いた。

「まぁ……燃やされちゃったものは仕方がない」

「アイラは結構ドライなところがあるな」

「街の人ならきっと逃げ出してるよ、多分」

所詮この世は弱肉強食である。弱ければ死んで強ければ生き残る。もしくは、昔アイラがシーカーに助けられたように、運が良ければ生き延びられるかもしれない。

シーカーと別れて四年ダストクレストで暮らした。楽しいことは色々あった。美味しいものもたくさん食べた。その末に都市が爆破魔法で破壊され、アイラは一銅貨もなしでルインと共に森に放り出されてしまった。理不尽なことこの上ないが、それも仕方がない。

だってここは女神ユグドラシル様のいる世界樹から遠く離れた、世界のゴミ溜めとまで呼ばれた場所なのだから。今までの平和な生活が奇跡みたいなものなのだ。

ルインは赤と橙が混じり合った見事な毛の生えた足を動かしながら、アイラに問いかける。

「それでこれからどこへ行く？」

「んーそうだねぇ」

アイラは考える。

ダストクレスト周辺の魔物は一通り堪能《たんのう》した。弱い魔物から界隈《かいわい》のボス的な魔物まで全部骨の髄まで味わい尽くした。家を追い出されてしまったのだから、なんかもっと違う魔物が出る場所に行きたいなと思う。新たな魔物を食べてみたい。

「そうだ！　隣国の冒険者都市に行こうかな」

「冒険者都市？」

「そうそう。聞いたことない？　世界樹から一番遠く離れた場所にあるすっごい大きい都市で、東西南北が異なる気候に囲まれた過酷な環境。シーカーと一緒に行ったことないかな」

「ないな……シーカーはあまり大きな都市には近寄らなかったから」

「そっかぁ。聞いた話だと、ありとあらゆる種類の魔物や珍しい動植物が周囲に生息しているらしいよ。ってことは、世界中の美味珍味が食べ放題ってことじゃない？　ここはぜひ、行って確かめてみないと！」

「どのくらいかかる？」

「ギスキアナ山脈を抜けて行かないといけないから、少なく見積もってもひと月以上かな……」

「なるほど。オレに乗っていけばもう少し早く行けそうだな」

「乗っていいの？」

「アイラは綿ぼこりほどに軽いから全くなんの問題もない」

「綿ぼこりって！　ルインにもお世話になりっぱなしだね」

「構わん。好きでやっている」

姿勢を低くしてくれたルインにまたがる。ルインの毛並みはふかふかもふもふであったかく、おまけに乗っかっていればものすごい速度で移動してくれるのでアイラはかなり楽ができる。

そんな感じでアイラは跡形もなく木っ端微塵《こばみじん》になってしまったダストクレストを後にして、第三の人生を送るべく冒険者都市を目指すことにした。

＊

そして冒頭のアイラたちの状況に至る。

ルインに乗った旅は極めて快適だ。とはいえ道中で大変なことがなかったわけではない。

二十日かけてゴツゴツした岩まみれの険しいギスキアナ山脈を越えると、そこは一面が砂漠だった。

砂漠。あつい。食べ物があんまりない。水もない。不毛な死の大地だ。

かと思えばオアシスがあって、妙な色のデザートワームが襲いかかってきたりもする。デザートワームを返り討ちにして美味しく料理して満腹になったアイラは今、湖で平泳ぎをしていた。オアシスの水は清涼そのもので、灼熱の大地を横断してきた体にひんやりとして気持ちがいい。調理道具及び衣服は脱ぎ捨て、下着のみの状態である。服は洗って木に引っ掛けて干してある。この気温ならあっという間に乾くだろう。

「ね～、ルインも入ったら？　気持ちいいよ」

「オレは遠慮する」

ルインは湖岸でぷいとそっぽを向いた。しっぽがもふもふ左右に揺れている。

ルインはあまり水浴びが好きではない。誘いに乗ってくれないルインは、周囲に散らばるデザートワームの死体に近づき、臭いをフンフン嗅ぎ始めた。アイラは湖の中で立ち泳ぎをしながらその姿を観察する。

「こやつ、魔石を残しているぞ」

「えっ、本当？」

「本当だ」

アイラは慌てて湖岸に戻ると、水をびしゃびしゃ滴らせたまま裸足《はだし》でルインに近づいた。ルインは鼻先で、デザートワームの腹部をつつき回す。

「ほら、ここだ」

「本当だ、あるね。しかも結構大きいやつが」

アイラはデザートワームの腹の中に迷わず手を突っ込んだ。指先が硬いものに触れたので、掴んで引っ張り出す。黒く鈍色《にびいろ》に光る拳大の石がアイラの手に握られていて、アイラは顔を綻ばせた。

「やったぁ、いい感じの魔石、手に入れちゃった」

魔物は体内に魔石とよばれる石を宿している。この魔石を加工してさまざまな武器や防具、道具とするのだが、魔物の強さや希少さに比例して魔石のレア度も上がっていくのだ。

アイラが黒焦げにしたデザートワームの亜種の魔石は、どうやらそれなりに価値がありそうなものだった。

「他のデザートワームの魔石も集めようっと」

アイラは水浴び中にすっかり乾いた衣服を身につけ、デザートワームの死体の間を縫うように歩いて魔石を回収した。

「魔石はお金になるから、たくさんあっても困ることはないよね」

「うむ。金がないとニンゲン社会で生きていけないからな」

神獣でありながら人とともに暮らすルインは、金がなければにっちもさっちもいかないということを理解していた。

全てのデザートワームから魔石を回収したところで、ルインが体を横に向けてくる。

「袋に全部詰めるがいい」

「うん」

ルインの胴体には、アイラが乗りやすいように毛織物が装着してあり、さらにそこから狩りに必要な道具がいくつかぶら下がっている。毛織物にひっかけてあった五つの布袋のうちの一つをフックから外した。

この袋、ルペナ草という一本草を撚《よ》り合わせて編んで作られた袋なのだが、丈夫で伸縮性があり、おまけに耐水性まであるので大変重宝している代物だった。軽いし折り畳めば小さくなるし、水筒としても使えるし、抜群の利便性を誇っている。手入れ方法はたまに日の光に当てて干しておけばいいだけだし、まさに旅をする人間にとって欠かせないアイテムと言えよう。

五つあるルペナ袋の一つをデザートワームの魔石でいっぱいにし、二つ目には砂漠のトリュフを、三つ目にはダクテュロスを、四つ目には焼いたデザートワームの身を入れた。そうそう日持ちするものではないが、二、三日なら食料に困ることはないだろう。

「魔石はバベルについたら売ろっか」

「うむ」

この日はオアシスでのんびりゆっくりとし、翌日、朝日が地平線に昇る頃、再びバベルを目指して出発した。

ルインは太ましい足で跳躍しながら砂漠を越えてゆく。

砂漠というのは気温差が激しい。

昼は五十度、夜はマイナス二十度。こんな環境で生きられるのはそれこそ強靭《きょうじん》な肉体を持つ魔物と、この環境に適応するよう進化を繰り返してきた植物だけで、人間などはひとたまりもない。

アイラは常時結界魔法を展開することで砂漠の厳しい気候に耐えていた。

世界には火水風土雷光闇の七大属性魔法と呼ばれるものがあり、魔法適性のある人間はこのいずれかを体内に有している。何が得意であるかは、髪や目の色などに現れるのでわかりやすい。アイラは燃えるような赤毛と水のように澄んだ瞳というかなりはっきりした特徴を持っており、つまりは火魔法と水魔法のどちらも使うことができた。

昼間は水魔法でひんやりした結界を、夜は火魔法であったかぽかぽかな結界を張っている。もちろんルインの分まで。快適なことこの上ない。結界魔法というのは元来魔力消費量がさほど多くないのだが、常時結界を展開しつづけるというのはやはり体に負担がかかる。

それでもアイラがちっともへこたれないのは、アイラが保有する魔力量が一般の魔法使いと比べても格段に多いからだ。シーカーはこれを「ラッキーだったね」と称した。アイラも「あたしってラッキー！」と思っている。

＊

オアシスでデザートワームを撃破してから十日弱。

アイラはルインとともに、砂丘の上でサボテンステーキを食べていた。ルインはサボテンをムッシャムッシャバリバリしてから物足りなそうに口の周りをペロリと舐《な》める。

「またしてもサボテンステーキ以外のものを食っておらんな」

「いくら砂漠でも、他にも魔物いるはずなんだけどね……サバイバルキャットとかサーベルタイガーとかファイアーバードとか。デザートワーム以外、他の魔物見かけないね」

「うむぅ……気配はするんだがものすごく遠かったり隠れるのがうまかったりするようだ」

アイラもルインもちょっとげんなりしていた。

砂漠に入ってからアイラが倒した魔物は、オアシスでデザートワームを三十体。以上である。いくらなんでもこれはおかしい。そしてオアシスで詰め込んだ食料はとっくのとうになくなっていて、ルペナ袋はすっからかんだ。あるのは現段階では何の役にも立たない魔石のみだった。

「毎日毎日、サボテンステーキばっかり……」

アイラはため息をついた。

餓死する心配はないにせよ、いいかげんもっと良いものを食べたい。文明生活を五年ほど送ったアイラからすると、今の過酷な状況はちょっと飽き飽きしてしまう。

文句を言っても腹が膨れるわけではないので、食事を終えたアイラとルインは先を急ぐべく立ち上がって旅を続けた。

その晩アイラは、夢を見た。

お肉が空を飛び、それをキャッチしたアイラがバーベキューをする夢だ。

縦横無尽に空を飛ぶ羽の生えた肉の塊を捕まえて串に刺し、ジュージューと網の上で炙《あぶ》っていく。滴る肉の脂によって炎が爆ぜ、肉がメラメラ焼けていく。頃合いに焼けた肉を、アイラとルインがムシャムシャ食べる夢だった。

あぁ、お肉。貴重なタンパク源。美味しくて栄養満点のお肉たち。

お肉。お肉。お肉お肉お肉。

「……お肉ぅぅううう‼」

「どうしたアイラ‼」

肉の雄叫《おたけ》びを上げながら飛び起きたアイラに驚いたルインが声をかけた。

見上げた先には、アイラが張った結界越しに砂漠の空が見える。

紺と薄橙色に染まった空は、夜明けが間近であることを知らせていた。もう間も無くすれば、灼熱の熱波が容赦なく砂漠に押し寄せ、乾いた大地に数億と積もった砂粒を巻き上げることだろう。

「すごい声を上げていたが、嫌な夢でも見たのか」

「ううん、むしろ良い夢だった」

アイラの体調を心配するルインにそう答えた。

「そう……良い夢だったんだ……お肉が空を飛んでいて、捕まえ放題で、あたしはそれを串に刺してバーベキューをするの。ルインも喜んで食べてくれていたよ」

「それは幻覚だ、アイラ！」

「わかってるよ」

ひとつ息をついたアイラだったが、水色の瞳に決意をみなぎらせて拳を握った。

「早く……早くバベルに行って、お腹いっぱいお肉を食べないと！　そうしないとあたし、気が変になる!!」

「奇遇だな、オレもそう思っていたところだ」

ルインは神妙に頷いた。

アイラもルインも、本能で肉を求めていた。

肉が食べたい。今すぐに。

デザートワームみたいに淡白なやつじゃなくて、もっとガッツリした脂ののった肉だ。

「よし、乗れアイラ！　バベルまで急ぐぞ！」

「わかった、ルイン！」

ルインにまたがったアイラは、方角を間違えないようコンパスを手にして細心の注意を払いつつ、凄《すさ》まじい勢いで走るルインの体に身を伏せて空気抵抗をなるべく受けないようにした。

砂漠を爆速で走る赤と橙色の毛並みを持つルインの姿は、さながら猛スピードで飛んでゆく火球のように見えるだろう。その恐ろしさのためか、それとも肉を欲する一人と一頭の並々ならぬ執念に当てられたせいなのか、行く手を魔物が遮ることはなかった。

砂煙を巻き上げながら走り続けること、半日。ルインがとうとう息を切らした。

「肉を食べていない今の体では、もう走るのは限界だ、アイラ……！」

「でもほら、もうすぐ着きそうだよ！」

アイラは励ましの言葉とともに右手の人差し指を前方へと向けた。

砂塵の向こうには、目指すべき都市——冒険者都市がもう視界に映るようになっていた。熱波に焦がされ都市が揺らいでぼやけて見えるが、オアシス同様あれが蜃気楼などではないことはアイラにはわかっていた。

冒険者都市バベル。

お椀をひっくり返したかのような末広がりの独特な形をした塔の都市は、冒険者の楽園と言われる街である。アイラもダストクレストの酒場で話にしか聞いたことはないし、実際に見たのはこれが初めてだ。

世界は、女神ユグドラシルの恩恵を受けた世界樹を中心にして成り立っている。世界樹の近くは安定した天候、気候に恵まれて穏やかで住みやすく作物もすくすくと育つ。故に都市が密集して人が多く住んでいる。

世界樹から遠ざかるほどに恩恵が薄れ、最果ての地とされるバベル周辺は人跡未踏の不毛の地とされていた。

いかなる人間も住むことが叶《かな》わない、魔物の土地。そんな場所がなぜ存在するのかというと、慈悲深い女神は人間も魔物も等しく愛し、住む場所を分けたからだといわれている。

人間と魔物は相容《あいい》れない。故に生息区分を分けたのだ——とアイラに話してくれたのは、かつて世界樹の根元、神都ガルドで高明な学者として名を馳《は》せていたらしいジョセフじいさんだった。

そんな魔物の生息域に存在している都市なので、住んでいるのは一般人ではない。ほぼ百パーセント冒険者。

冒険者とはあえて安全な世界樹から遠く離れた場所で活動している人々で、彼らの働きは大きい。中には傭兵のような仕事を請け負う冒険者もいるので、商隊を警護して魔物の脅威から商人たちを守り、都市と都市とを行き来したりする。

そんな冒険者のみで構成された都市が、視界に入り始めた。ルインの足に再び力が戻り、スピードが増した。

「ルイン、頑張って！　ラストスパートだよ！」

「うむ……うむ!!」

ルインは最後の力を振り絞り、冒険者都市に向かって飛ぶように駆けて行った。

速い速い。

砂混じりに遥《はる》か遠くに見えるだけだったバベルが、どんどん近づいてくる。アイラはせめてルインが快適に走れるよう、結界魔法の威力を強めてヒンヤリさせていた。

そうしてさらに半日もルインに乗っていれば、念願の冒険者都市にたどり着いた。

❸ 冒険者都市バベル

「着いた着いたぁーっ!!」

「うむ……着いたな！」

アイラとルインは都市の門を前にして歓喜の声を上げた。

ダストクレストを後にして、約四十日。

ようやく冒険者都市バベルの門前までたどり着くことができた。

間近に見えるバベルは、見上げても天辺《てっぺん》が見えないほどに天高くそびえる塔だった。黄土色の煉瓦《れんが》を積み重ねて造られているようで、上だけでなく左右にも大きい。末広がりな円筒形で螺旋《らせん》を描くような形をしており、上に行くほどに細くなっている。アイラがこれまで見たことのない形だった。

都市への出入り口である巨大な銅板の扉は固く閉ざされていて、その横に都市を小さくしたかのような円筒形の二階建ての塔が立っていた。

アイラとルインが門に近づくと、小さい塔の扉が開き中から武装した門兵とおぼしき男二人が出てくる。

「この都市に何用だ？」

「バベルに住んで、この辺り一帯の魔物を味わい尽くしたいなと思って来たの！」

「は……魔物を、味わい尽くす？」

「そう！」

元気のいいアイラの返事に、門兵は「一体この娘は何を言っているんだ」という表情を浮かべたのだが、アイラはニコニコしたまま続きを待った。アイラは何も嘘《うそ》など言っていない。住んでいた都市が爆破され霧散したので、次なる美味珍味と住居を求めてバベルに来た。それだけのことだ。

門兵は咳払《せきばら》いをしてから表情を改めた。

「まぁ、まぁ……ともかく住居希望か。冒険者カードを見せてくれ」

「冒険者カード？」

「ギルドが発行している各国共通のカードだ。……もしや持っていないのか？」

「持ってない。あたし、冒険者じゃないから」

アイラの言葉に門兵二人は驚いたようだった。

「冒険者じゃない……だと？　それでこの都市までどうやってたどり着いたんだ？　そういえば、今日は商隊が来る日じゃないな。どこから来た？　一体何者だ？」

警戒心剥き出しで矢継ぎ早に繰り出される質問にアイラはのんびり答えた。

「隣国の都市ダストクレストからギスキアナ山脈を越えて、砂漠を通って。職業は料理人だよ。こっちは火狐族のルイン」

「なっ……ただの料理人が、あの山と砂漠を越えてきただと⁉　それに火狐族といえば、絶滅した獰猛な神獣の一種じゃないか！」

「ルインは性格が穏やかだから、死なずにすんだんだよね」

「そうだ。無用な殺生は避けたいところだ」

「喋った……！」

門兵たちはたじろぎ、顔を見合わせる。

先の発言と合わせてますます警戒されたらどうしようかとアイラは少し不安になった。

拠点は絶対に必要だ。ここから他の都市に行くとなるとまた時間がかかってしまう。アイラはその場に立ったまま門兵たちの言葉を待つ。

「……この都市までたどり着いたということは並の人間ではないことは確かだ。フィルムディア大公様は、常に強者を求めている。ただ、都市に入るためには通行税が必要となるのでそれは支払ってもらおう。一人につき金貨二十枚。連れも含まれるから金貨四十枚だ」

「えーっ」

これは予想外である。いや、考えておくべきだった。大きめの都市は難民などの過剰な流入を防ぐため、通行税を取られるところが多い。アイラが両親と放浪していた時はそれが理由で入れなかった都市がいくつもあったし、シーカーと旅していた時も彼はシーカーとアイラ、ルインの三人分の通行税を支払っていた。

「住んでいた都市が焼け落ちちゃって着の身着のままに出てきたから、銅貨一枚すら持ってないんだよね」

「ならば相応の価値のあるものでもいい」

「価値のあるものねえ……あっ」

顎に手を当てて少し考えたアイラは、ちょうどいいものを持っていたことを思い出し、ルインにくくりつけてあったルペナ袋を取り外した。

「これでどうかな。砂漠で黒いデザートワームを倒した時に手に入れた魔石なんだけど」

「黒い……デザートワーム、だと？」

「そうそう。表面の皮膚が黒くてすごい硬いやつ」

「それはデザートワームグロウじゃないか？　ゴア砂漠のデザートワームの中でも一際強い集団だ」

「そうなの？　鱗を剥いで砂漠のトリュフとダクテュロスと一緒に炒めたら美味しく食べられたよ」

門兵の二人はこれを聞いて明らかに身を引いた。頬が引き攣《つ》っている。

「あのグロテスクな見た目の魔物を食ったのか」

「見た目と味は一致しないかもしれないでしょ？　毒がないならあたしは何でも食べる」

「なんというか……すごい肝が据わっているんだな。まあ、バベルまで来るくらいだから並ではないか」

「で、通してもらえる？」

「ああ。これだけの魔石があれば十分だ」

「やったね！」

扉は全部が開くわけではなく、人間サイズの一部が開くようになっていて、そこからルインと共に内部へ入る。入る直前に門兵が声をかけてくれた。

「まずは都市中程にある冒険者ギルドに行くといい。いろんな情報が集まっているし、冒険者登録しておけば都市で色々と待遇が良くなる。というより、冒険者でない人間はバベルの中で暮らせない。入ってすぐの転移魔法陣に乗ればギルドに行ける」

「わかった、親切にありがとう！」

アイラは閉じていく門に向かってブンブン手を振った。

塔の内部は意外に明るい。縦長の窓には鉄格子がはまっているものの閉塞感はなく、陽光を取り入れる設計になっているようだ。外壁と同じく内部も黄土色の土を焼いて固めた煉瓦を積んで造っており、床も壁も同じ色をしていた。無駄がなく実用性重視な造りだった。

アイラとルインが並んでも余裕な広さがある塔の内部には等間隔に扉がある。どこに通じているのか、何があるのかわからなかった。

「ひとまず、この目の前にある魔法陣に乗ればいいのかな？」

「だろうな」

眼前には、古代ルーン文字と図形を組み合わせて描いた複雑な円形の魔法陣があった。転移魔法陣と言っていたので、乗れば運んでくれるのだろう。

「あたし、転移魔法陣はじめて。ルインは？」

「シーカーと共に入った古代遺跡のギミックで使われているのを見たことがある」

「さすが」

おそるおそる魔法陣に乗ると、光が伸びて体が包まれた。少し浮遊する感覚の後、次の瞬間には景色が変わっていて目の前には大きな木製の扉があった。

「これがギルドの扉かな」

「そのようだな」

「よし……開けてみよっか」

こういう時は笑顔と元気の良さが大事である。

アイラは深呼吸をして気持ちを落ち着けてから、バァァアンッと扉を押し開けた。

「こんにちはっ!!　冒険者登録にきましたっ!!」

扉を開いた先には、人がたくさんいた。

細長いカウンターの向こうには制服を着た職員と思しき者、手前には装備を整えた冒険者たち。人でいっぱいの冒険者ギルドは妙な静けさに包まれていた。アイラの登場の仕方のせいである。

アイラはひとまずルインを伴ってカウンターに近づき、そこにいる職員の一人に話しかけた。

眼鏡をかけた青年は柔らかな小麦色の髪色だった。色味から察するに、土魔法が使えるのだろう。胸に留めたバッジに名前が書いてある。どうやらブレッドという名前らしい。

ブレッド。いい名前だ。パンのことをパンと呼ぶのかブレッドと呼ぶのかはお国柄によるのだが、アイラは名称はどうあれあの小麦を捏《こ》ねて膨らませて焼いた食べ物が好きだ。やわらかいパンはそれだけでご馳走だし、硬いパンはスープなどに浸すと味が染みて美味しい。

こんがり焼けたパンに似た小麦色の髪を持つ職員にアイラは用件を伝えた。

「えーっと、冒険者登録に来たんだけど」

「あ、あぁ……はい。そんなこと言っていましたね。ていうか、冒険者、登録……登録からですか？」

耳を疑ったかのように、ブレッド職員が聞き返す。アイラは元気に頷いた。

「そう、登録から！」

「こんな最果ての地に冒険者以外の人間が来るのは珍しいですね……職種は何ですか？」

「料理人！」

「え、料理人？」

ここでブレッドは書類を用意しようとしていた手を止めてアイラを二度見した。

「料理人？　料理人ですか？」

「そう」

「ということは、ひとまず冒険者になって、あとは内部で働くことを希望しているということでしょうか。そういう方でしたらたまに見受けられますが」

「んーん。普通に冒険もしようと思ってる」

「……失礼ですが、なぜ料理人が遥々バベルに来て、冒険者登録しようとしているのか、経緯を伺ってもよろしいですか？」

「バベルに来たのはここにはありとあらゆる魔物食材が揃っているからで、冒険者登録しようとしているのはバベルでは冒険者以外住めないって聞いたから」

ブレッドは理解できない珍獣を見るかのような目でアイラを見つめた後、しかし失礼があってはならないから、という雰囲気を醸し出し、一度咳払いをしてから落ち着き払った声で言った。

「なるほど……承知いたしました。ええっと、冒険者登録ですね。登録の仕方は二種類あります。ギルド職員と手合わせをして実力を認めさせる方法と、指定する素材を持ってくる方法。どちらを選んでもらっても構いませんよ。あとは登録料に、銀貨が一枚かかります」

「またもやお金……」

がっくりした。

アイラの手持ちはゼロだ。先ほど門兵に通行料代わりに魔石を全部渡したので、正真正銘、金目のものは何もない。ならば手合わせよりも素材を取ってこよう。ついでに他の素材を取ってくれば金を稼げるし、好都合だ。

「素材採取に行くよ」

「では、今不足している素材の採取でお願いします。バベルを取り巻く東西南北の地域から複数の素材を指定するので、どれでも好きなのを選んで採ってきてください。ちなみにどの素材を持ってきても、いきなり冒険者ランクが三級になります」

「三級ってどのくらいのすごいの？」

ブレッドは完全に冒険者素人であるアイラに、笑いもせず親切に説明をしてくれる。

「冒険者のランクは七段階に分かれていまして、一番上が一級で一番下が七級です」

「じゃあ三級は上から三番目？　すごいじゃん！」

「バベルにたどり着けただけでも実力は相応のものでしょうし、ここらの依頼には正直、簡単なものはありません。これが素材採取の依頼一覧です」
そう言って職員ブレッドが提示した紙を受け取った。バベルを中心にして、東西南北四つの地域それぞれの素材一覧だ。
北：ルーメンガルドの雪原に生える氷煌草《ひょうこうそう》百本
西：ゴア砂漠のファイアーバード十羽《わ》
南：パルマンティア海のアイアンオクトパス一匹
東：ギリワディ大森林のジャイアントドラゴンの尻尾の棘《とげ》一本
「ドラゴン!!」
「なにぃっ、ドラゴンだと!!」
アイラは水色の目をパッと輝かせて叫ぶ。ルインもアイラの脇からずぼっと顔を出し、前足をカウンターに乗せて覗《のぞ》き込んできた。喋るルインにブレッドが目を疑っていたが、気にしない。喋るルインが珍しがられるのにはもはや慣れきっていた。
ドラゴンの素材採取があるではないか。
ジャイアントドラゴンというのは聞いたことのない魔物だったが、ドラゴンの肉というのはすべからく美味しい。煮ても焼いても揚げても炒めても何をしたって美味しい。

一番美味しいのは何と言ってもドラゴンステーキだ。

中が若干赤いくらいのミディアムレアで仕上げたドラゴンの肉は、程よい噛みごたえと溢《あふ》れる肉汁、ジューシーな味わいに全人類が虜《とりこ》になること間違いなしだ。

絶対食べたい。

何としても食べたい。

ダストクレストを追い出されてから約四十日。その間オアシス以外でろくなものを口にしていないアイラとルインの体は、猛烈に肉を欲していた。体を動かすエネルギー源が圧倒的に不足している。

「これっ、このギリワディ大森林のジャイアントドラゴンの肉採取をしに行く！」

「棘の採取です。肉の採取って何でしょうか」

「冒険者登録に必要な素材以外は、あたしがもらってもいいの⁉」

「かまいません。まあ、倒せたらの話ですが……ジャイアントドラゴンは巨大で獰猛。防御力も攻撃力も高い上に俊敏性もあるので、尻尾の棘一本持って帰るだけでも大変ですし、一級冒険者がようやく倒せる魔物……って聞いてますか？」

全然聞いていなかった。

アイラの脳内はもはや「ジャイアントドラゴンの肉！！！」ということでいっぱいだった。

肉、お肉。お肉を食べたい。お腹いっぱい肉を食べたいのだ。

「ギリワディ大森林に行くなら、塔の東門を通って行くといいですよ。冒険者ギルドから四つの門への転移魔法陣があるから、東門に通じている魔法陣を使ってください」

「わかった、親切にありがとうブレッドさん！　ルイン、行くよ！　お肉をゲットしに!!」

「合点承知だアイラ!!」

二人は東門行きの魔法陣を見つけると冒険者ギルドを飛び出し、魔法陣で転移して一階の廊下をすごい勢いで駆け抜けて東門へと到達し、今しがた来たばかりのバベルを後にした。

4 ギリワディ大森林

肉。肉だ、お肉を食べよう。

肉は世界を平和にする。ダストクレストの心荒んだ住人たちも、チキッブーの肉をお腹いっぱい食べるようになったら犯罪に手を染めなくなったし。

チキッブーは鳥と豚どちらの特徴も持った魔物で、肉の味も鶏肉《とりにく》と豚肉のいいとこ取りをしたような味わいらしい。らしい、というのは、アイラが家畜の肉を食べたのは村が滅ぼされる前の五、六歳くらいの時の話なので、記憶が極めて曖昧だった。

とはいえチキッブーは文句なしに美味しい。何せ狩り方を覚えたダストクレストの住人たちがこぞって狩って狩って狩り尽くして、界隈のチキッブーが絶滅するんじゃないかとアイラが心配したほどだった。

チキッブーは汎用性の高い食材だった。煮てよし焼いてよし炒めてよし揚げてよし。何をしたって美味しい。野菜との相性もいい。ああ、考えているとまたチキッブーを食べたくなってきたのだが、今回はジャイアントドラゴンの肉である。

アイラとルインは上機嫌でギリワディ大森林なる場所を闊歩《かっぽ》する。

「それにしても、冒険者って細かいランク分けがあるんだね、全然知らなかったよ。シーカーはやっぱり一級冒険者だったのかな？」

「どうだろうな……あまりそうした区分けに頓着しない奴だから」

アイラは身近にシーカーという冒険者がいたにも関《かか》わらず、冒険者界隈の制度について全く知らなかった。放浪中にシーカーがギルドに立ち寄ったことは一度もなかったし、ダストクレストには犯罪者は多くいても冒険者はいなかったからだ。冒険者くずれの犯罪者もいなかった。

「ジャイアントドラゴン、どんな味なんだろうね」

「オレは一度相対したことがある。とにかく巨大な奴だから食べ応えがあったぞ」

「本当に？　楽しみ」

「以前は生のまま食うたものだが、アイラがどう料理するのか楽しみだ」

「ドラゴンって言ったらステーキだよね」

「うむ！　表面がカリッと、中がジュワッとした感じがたまらん」

「ジャイアントドラゴンの気配わかる？」

「ああ。北東の方角に行った場所にドラゴン種の魔物の気配があるから、それだな」

「さすが頼りになるー！」

魔物を探すときには索敵魔法と呼ばれる魔法が有効なのだが、ルインは野生の勘で同様のことができてしまう。頼りになる相棒だった。

和気藹々《わきあいあい》とアイラとルインの二人は進む。

ギリワディ大森林はアイラがこれまでに行ったどの森とも違った。

一本一本の幹が太く、大人十人が手を繋《つな》いで輪になったほどの太さがある。見上げても天辺が見えない。鬱蒼《うっそう》としげる枝葉によって空が遮られ、非常に薄暗かった。真っ暗ではないのは、木に生えている光苔《ひかりごけ》やあちこちに生えている蛍草《ほたるそう》、燐光《りんこう》スズランのおかげだ。これらの魔法植物は大気中の微量な魔力を蓄積して淡く光る。ちなみに食用にはならない。特に燐光スズランは毒性があり、誤って口にすると最悪死に至る。

当然、普通の森ではないので、魔物の気配があちらこちらからする。殺気立った視線に晒されているが、さほどの脅威は感じない。倒しても良いのだが、アイラもルインも無用な殺生は好まなかった。これはシーカーの教えでもある。

――倒すのならば、必要な時だけに。

正直言って初めのうちはこれを実行するのがかなり難しかった。

何せアイラは、魔物に村を焼かれて家を失った挙句に魔物に父を食い殺された過去を持つ。全ての魔物は等しく憎むべき存在だったたし、力を手に入れたのなら片っ端から殺して回りたかった。自分の人生をめちゃくちゃにした存在を許せるはずもなく、目に入る魔物全てを滅したい衝動は抑えがたかった。しかしシーカーは、そうした激情に身を任せることを良しとしなかった。

「この世界が弱肉強食で、強い人だけが生き残るっていうなら、あたしが魔物を殺したっていいじゃない」

「力ある者は同時に抑制も覚えないと、身を滅ぼすことになる。必要もないのに命を奪うのは、野蛮な人間がすることだ」

「でも、シーカー……」

「アイラの気持ちは良くわかるよ。憎しみを捨てるのは難しいだろう。でもね、だからって、むやみやたらに殺して回るような人間に育って欲しくない。教えた力を、そんな風に使って欲しくないんだ」

「…………」

アイラはうつむいてシーカーから目を逸《そ》らし、自身の心と葛藤した。幼いアイラにとって、シーカーの教えを呑み込むのはほとんど不可能に近かった。

「命を奪うのは、必要な時に最低限にして欲しい。どうしてもそうしなければならない時以外は、殺さないこと」

「魔物相手でも？」

「魔物相手でも」

「絶対に？」

「絶対に」

「…………わかった。シーカーがそう言うなら、そうする」

最終的にアイラはシーカーの言うことに、納得はしないまでも従うことにした。結局のところアイラはシーカーに助けられなければ生きていられなかったのだし、シーカーに教えてもらわなければ魔法を使うことなんてできなかった。命の恩人のシーカーがそう言うなら、従うべきだと思った。

魔物への憎しみを捨て去ることは不可能だったが、年々減少し、今では心の奥底で小さく燻《くすぶ》るのみになっていた。それがなぜなのか、うまく説明ができなかったが、自分がかなりの力を手に入れたせいかも知れないし、旅をするうちに魔物というものの本質を垣間見たせいかも知れない。
魔物は食料とするために人間を襲う。人間が魔物を襲うのとなんら変わりない理由だ。
それに気が付いてからは、アイラは身の上に起こった不幸な出来事を受け入れ呑み込めるよ
うになった。少なくとも以前よりは。
必要もないのに憎しみだけで命を奪うのは野蛮な行為で、獣にすら劣るのだと、アイラは漠
然と理解したのだ。
そして今日はジャイアントドラゴンの肉を食べると決めているので、他の魔物を倒す気はな
い。もしも出会ったら逃げようと思っている。
アイラはちょうど良い感じの枝を拾って、無駄に振り上げたり振り下ろしたりしながら苔む
した地面を踏みしめて歩みを進めた。
「早く出てこないかな、ジャイアントドラゴン」
「何やら移動しているっぽいな」
「え、遠ざかってる？」
「いや、近づいてる」

「肉の方から近づいて来るなんてラッキー！」

緊張感のない会話をしながらも順調に森を行く。

「それにしてもこの森、見たことない植物が多いねえ。見てよこのキノコ」

アイラはしゃがみ込んで木の根元に生えているキノコをしげしげと見つめた。ロウソクみたいな形をしていて、カサの部分が赤く揺らめいている。

「食べられると思う？」

「どうだろうな。キノコは毒性のものも多いから、知らんものは口にするのはやめておいた方がいいぞ」

「だよねぇ。たぶん魔物も、知らない個体が多いんだろうね……そうなると食材になるかどうか判断がつかないなぁ」

「今まではシーカーが全て教えてくれていたからな」

「鑑定魔導具が欲しいなぁ……」

鑑定魔導具というのは、世界樹のお膝元、神都ガルドにある叡智《えいち》の図書館に収蔵されている書物の情報を呼び出せる魔導具だ。魔導具の精度によってどのくらいの情報が検索できるのか変わってくるが、最低価格金貨五百枚からという高価な魔導具である。

シーカーは超高精度の鑑定魔導具を持っていたし、そうでなくとも本人の持っている知識がすごくて滅多に使うことはなかった。

「お金稼いで、買おうっと。とにかくジャイアントドラゴンだよね。肉以外の部分を売っちゃえばいいお金になりそうだし、ちょうど良いや」

「人間世界で新しいことを始めるには金がかかるな」

「そうなんだよね。バベル内の物価がわかんないけど、通行税に一人金貨二十枚も取られたから結構高そうだし」

通行税は都市のランクを知るときに有効な手段だ、とシーカーは教えてくれた。頑強な城壁で囲まれた都市を通るときにはそれなりの金額を支払わなければならず、入ってみると内部は整然としており、治安も良いことが多い。

反対に通行税が安い都市は衛生環境が整っておらず治安が悪い。ダストクレストがいい例である。

バベルの通行税は金貨二十枚。これは通行税としては異例の高額だ。辺鄙《へんぴ》な場所に存在しているので、物価が高く何をするにも金がかかると考えておいた方がいい。鑑定魔導具を買う前に、アイラたちにはそもそも必要なものがごまんとあった。アイラはこれからの生活に必要なものを指折り数える。

「かまど付きのキッチンでしょ？　フライパンにお鍋、まな板、おたま。あとは調味料も欲しいよね」

「うむ。寝床も必要だな」

「そうだね、部屋を借りないとね」

そんな風に話していると、周囲の木立の合間から複数の殺気が感じられた。低い獣の唸《うな》り声、地面に爪が食い込み引《ひ》っ掻《か》く音、掘り返された土の匂い。アイラは水色の瞳を、ルインは毛並みと同じく赤い瞳をそれぞれ動かし確かめる。

「十四かな？」

「ああ。囲まれている」

「んむぅ」

ルインの言葉に呼応するかのように、木立の陰からぬぅと魔物が姿を現した。黒と茶色のまだら模様の毛と、ぎょろつく目を持つ猿型の魔物——ワイドエイプだ。アイラは顔を顰めた。

「あっ、この魔物知ってる。石とか投げてくる、すばしっこくってしつこくて面倒臭いタイプのやつだ。しかも食べるところがないの」

「逃げるか。乗るがいい」

「ありがと、ルインッ」

アイラがまたがるや否や、ルインが跳躍して森を駆ける。木の根を飛び越え、藪《やぶ》を迂回《うかい》し、時に木の幹を足場にして、縦横無尽に走った。アイラを乗せたまま、ほとんど重力さえも感じさせない身軽さで猛スピードで走るルインにワイドエイプは奇声を発して追い縋《すが》ったが、追いつくのは不可能だった。アイラとルインは一筋の赤い光のみを残像として残し、疾走していく。

ワイドエイプが拾い上げた石が轟音《ごうおん》を立てて風を切り裂き、砲弾のようにアイラとルインに迫ったが、アイラが張った結界魔法が全てを弾き飛ばした。

水属性上級魔法、氷壁結界。

魔力を込めてガチガチに凍らせた結界が、石など簡単に弾き飛ばす。

「長時間使ってると、寒いんだけどねぇ」

膝から伝わるルインの体温と、前方を除いて半円球に展開している氷壁結界のヒンヤリした気温とで、アイラは暖か寒い。

周囲の光景が飛ぶように過ぎていく。ワイドエイプを置き去りに、アイラの癖のある赤毛をなびかせて、風が唸りを上げるほどの速度でルインが走り、そしてその物音は突然アイラの耳に届いた。

森を踏みしめる足音が短い間隔で響き、同時に地面が揺れる。腹の底に響く雄叫び、数人の人間の悲鳴。ルインが叫ぶ。

「捉えたぞ、ジャイアントドラゴンだ！」

「やったぁ！」

アイラは喜びの声を上げた。

アイラの心は高揚する——肉、肉だ。ついに四十日ぶりのお肉との対面だ。

塩胡椒《こしょう》をまぶして、中はレアに、表面をカリッと焼いてドラゴンステーキにするのだ。

四十日ぶりに食べる肉、それが世にも美味なドラゴンステーキになるなんて、この上ないご馳走だ。

ひときわ大きな木の根を飛び越えるためにジャンプしたルインの上で、アイラはこれから食べるドラゴンステーキに思いを馳せつつ、欲望の赴くままに叫んだ。

「お肉だーーーーっ！！！！」

5 VSジャイアントドラゴン

「うっ、うわあああ！　助けてくれ!!」

ギリワディ大森林に、男の悲鳴がこだましました。半分にボッキリと折れた剣を手に全力で足を動かし逃げる。背後から、ズシーンズシーンと超巨大生物が悠々と歩く足音が聞こえてきた。

「くっ……！　思っていたより、硬い！」

灰色のローブをはためかせた魔法使いの青年が、全身に汗を滲《にじ》ませて息も絶え絶えに、それでも速度を緩めず走る。

「それに、速い……！　偵察時以上の速度だ!!」

身軽な装いに身を包んだ男が、巨大生物の足の甲に向かって弓を射出したが、虚《むな》しいくらい簡単に硬い鱗に阻まれる。

「あんなに大きいとぉ、顔が見えないからぁ、わたしの魅了魔法で石化させることもできませぇん……！」

亜麻色の長い髪をくるくるに巻いてツインテールにした少女がグスグスと鼻を鳴らしながら言った。彼女はこの過酷な森を旅するのに不似合いな、やたらヒラヒラとした服を身に纏っている。

「くそっ、ここで負けるわけにはいかねえ、なんとしてでもジャイアントドラゴンの棘一本、持って帰らないと……！」

「得物の剣が折れたのに、これ以上は無駄死に確実です、ノルディッシュ！」

「だがよ、エマーベル！」

「リーダー命令ですよ、ノルディッシュ！」

強い口調で灰色のローブを着た魔法使いが言えば、剣士は渋い顔をする。

「俺もエマーベルの意見に賛成だ。悪い、事前情報が不足していた。斥候の名折れだぜ」

軽装の男は弓を握りしめて悔しそうに顔を歪《ゆが》めた。

「クルトンのせいじゃ、ないよぉ。こんなにおっきいなんて誰にも想像できないもん」

「シェリー……」

「ねええ、ノル。エマ君の言う通り、ここは一度引いた方がいいよぉ。もう一度装備を整えて、それからもう一度挑もうっ？」

剣士のノルディッシュは、ヒラヒラ服のツインテール少女の言葉を噛み締め、ゆっくり頷いた。

「……確かにその通りだ。頭に血が上っていたようだぜ……すまない」

残りの三人はホッとした顔になり、しかし直後にその表情を恐怖に歪めた。

自分たちを追っている魔物が、凄まじい雄叫びを上げた。絶対的強者の上げるその声は人に原始的な恐怖を呼び起こさせ、命の危険を連想させ、防ぎようのない絶望感を与える。

魔物の足が見えた。

正確に言えば、足しか見ることができないのだ。

周囲に林立する、太い幹の木。それ以上に大きな足は緑色の鱗にびっしり覆われ、先端には刃物よりも鋭い爪が五つ生えていてそれが地面を抉《えぐ》っている。足の先には胴体と頭がついているはずなのだが、四人のいる場所からはせいぜいが股下までしか見えなかった。

——ギリワディ大森林の主の一頭と言われる魔物、ジャイアントドラゴン。その全貌を人が視界に捉えることなど果たしてできるのだろうか。まして、倒すことなど。

四人の足をすくませたジャイアントドラゴンの怒りの咆哮《ほうこう》の後、ヒュッと空を切る音が鼓膜に届いた。直後、ノルディッシュの隣にいたはずの斥候クルトンが宙に舞った。

「がっ……！」

「クルトン!!」

棘がびっしり生えた尾が飛んできた。

視認できない！

腹に刺さった棘がクルトンの体を貫通し、抜くこともままならずジャイアントドラゴンの尻尾に磔《はりつけ》にされていた。ドラゴンの尾はクルトンごとしなり、鞭《むち》のような動きで、周囲の木々を器用に避けながら今度はエマーベルに肉薄する。

「鏡石結界！」

エマーベルの展開した結界でドラゴンの尾をかろうじて弾いたが、同時に棘に刺さったままのクルトンまでもが弾かれて木に激突した。

「エマ君、やめて！　クルトンが死んじゃうよ！」

「シェリー戻れ！　お前まで巻き添えを食うぞ！」

「シェリー、戻りなさい！」

ノルディッシュとエマーベルの必死の叫びも聞かず、シェリーは走り出した。その手に握られているのは、普通のものより装飾が多いかなり特殊な形状の杖だ。先端についた丸い魔石が輝きを帯び、石の両脇から白い翼が伸びる。

かかれば必ず石化する、アイドルが使える魅了魔法。

だが、ジャイアントドラゴンの視界に入るにはかなりの高さまで飛び上がらないといけない。

クルトンを串刺しにしたままの尾が、今度はシェリーを犠牲にしようと迫る。無駄だと分かっていながらも、ノルディッシュは叫ばずにはいられなかった。

「ダメだ、やめろ、やめてくれ!!」

もうあと二、三秒もすれば、シェリーの頭部はあの尾に穿《うが》たれてしまう。

一体、どうしてこんなことに。

絶望感に苛《さいな》まれ――全ての場面がスローモーションに見えた。

＊

その日、冒険者パーティ「石匣《せきばこ》の手」はジャイアントドラゴンの尾に生えている棘の採取という依頼を達成すべく、ギリワディ大森林へと足を踏み入れていた。

故郷ではそこそこ名の知れたパーティである石匣の手は、四人組だ。リーダーである〈魔法使い〉のエマーベルを中心に、〈剣士〉のノルディッシュ、〈斥候〉のクルトン、〈アイドル〉のシェリーの四人全員が土属性魔法の使い手である。職種はともかく全員が同じ属性というのは一見バランスが悪そうだが、使い方によっては最高の威力を発揮する。特に、四人の力を合わせて生み出す「石匣の魔法」の力は凄まじい。敵を石の牢獄《ろうごく》に閉じ込め、地面に生き埋めにしたり牢獄の大きさを徐々に小さくしてぺしゃんこにするのだ。

四人はパーティ結成以来順調に依頼をこなしてランクを上げ、全員が三級冒険者になったところで冒険者都市バベルへとやって来た。

バベルは全冒険者にとって夢と憧れの都市である。

強力な魔物が蠢き、未知との遭遇が約束されている土地というのは冒険者たちの心をくすぐる。そこで強力な魔物を討伐したり、最果ての地に隠されているという女神の宝を手に入れることができれば――一気に名が上がり、富も名声も獲得することができる。

そんな夢を見た人々が集う場所がバベルだった。

三ヶ月前にバベルへとやって来た石匣の手は、まずは土地に慣れようとギリワディ大森林の探索をしていた。

ギリワディ大森林の複雑な地形は足を踏み入れた者を惑わせ、根元に生える魔法植物は近くにきた冒険者に幻覚を見せたり眠りへと誘ったりし、強力な魔物は容赦無く牙を剥く。極めて危険な森の探索を、石匣の手のメンバーは力を合わせて根気強く続けていた。

そこに今回、冒険者ギルドからジャイアントドラゴンの棘の採取依頼がきた。ドラゴン種の棘には様々な用途がある。棘自体が金属のように硬いので加工すれば武器や防具に使えるし、粉末状にすれば錬金術や魔法薬の材料にもなる。

ドラゴン種は非常に凶暴かつ凶悪。集めた情報によればジャイアントドラゴンは非常にジャイアントで、鱗は硬く生半可な攻撃は通らず、一撃を防ぐだけでも一苦労らしい。三級冒険者の集まりである今現在の石匣の手ではまず勝てない相手である、とバベルの酒場にいる先輩冒険者に言われた。

ただまあ、棘の一本を持ち帰るくらいならばどうにかなるだろう、という助言ももらった。ジャイアントドラゴンはとかくデカいためこちらを認識しにくく、気づかれる前にさっと近寄りさっと攻撃し棘を一本持ち帰るだけならそこまで難しくはないと。ただし一度気がつかれるとしつこく攻撃して来て踏み潰そうとするため、絶対に気づかれてはならないとも言われた。

ならばまあ、なんとかなると思い、この依頼を引き受けたわけなのだが。

結果は惨憺《さんたん》たる有様だった。

引き抜こうとした棘は未だジャイアントドラゴンの尾にぶら下がったままで、のみならずこちらの仲間の一人が串刺しにされてしまった。

シェリーは今にもドラゴンの尾に貫かれて死にそうだし、ノルディッシュとエマーベルの命も危うい。

自分たちの実力を見誤った。そしてそれは冒険者にとって何よりも致命的なことだ。

ここで死ぬのか、全滅か。

諦めかけたその時に、ノルディッシュは、シェリーとジャイアントドラゴンの間に第三者が割って入ってくるのを確かに見た。

森を照らすわずかな光源である光苔、蛍草、燐光スズランの淡い幻想的な光に照らされて、燃えるような赤い毛並みの獣と赤毛の人間が目に入った。ジャイアントドラゴンの尾を凍れる結界でいとも簡単に弾き飛ばし、美しい獣に乗った人間は場違いに明るく叫んだ。

「お肉だーーーーっ！！！！」

救世主が発したにしては、予想外すぎる言葉だった。

＊

救世主は女だった。

見事な赤毛が特徴的で、細すぎず太すぎず全体的に引き締まっており、程よい筋肉がついているのがわかる。あっけらかんとした声を発していつつも油断などは見られない。その様子だけ見ても歴戦の冒険者であることが窺《うかが》える。

女は尻餅をついたノルディッシュとエマーベルにも、たった今命を救ったシェリーにも目もくれず、澄んだ水底のように透明感のある水色の瞳はジャイアントドラゴンのみを見つめていた。

「これがジャイアントドラゴン！　大きくて食べ応えがありそう!!」

女冒険者の声は弾んでおり、非常に楽しそうだった。

「よぉーし、いくよ!!　ルイン、ドラゴンの顎下まで連れて行ってくれる!?」

「承知した」

女冒険者を乗せた狐に似た獣が返事をし、一直線にジャイアントドラゴンめがけて駆け出した。巨大なジャイアントドラゴンを相手に一切の怯《おび》えや怯《ひる》みを見せず、ただひたすらに走る姿は爽快ですらある。

　はっと我に返ったノルディッシュは立ち上がった。

「ノルディッシュ、今の女性……！」

「あぁ、顎下と言っていた。おそらくドラゴンの弱点を狙って倒すつもりだ！」

「そんな、無理に決まってます！」

　エマーベルの叫びはもっともだ。

　ドラゴンの弱点は顎の下の一枚だけ逆さに生えている鱗。「逆鱗に触れる」というのは、この弱点である鱗に触った人間がドラゴンの怒りを買ったことから生まれたことわざだ。鱗の下の喉の皮膚は他に比べて薄く、ここを貫通すればドラゴンを倒せる。

　だが、薄いと言ってもそこらの魔物の皮膚などとは比較にならないほど頑丈で、剣で貫くのは容易ではない。加えてドラゴンの鱗にはほぼ魔法耐性があるので、魔法攻撃も通りづらい。

　この超巨大なドラゴンの喉笛を、彼女は切り裂くことができるのか――ノルディッシュには不安がある。しかしもう、託すしかない。もしも彼女がジャイアントドラゴンを倒せたならば、串刺しになったクルトンを助けることだってできるかもしれない。

だから、だから。

「どこの誰だかわからないが、がんばってくれ！」

「頑張ってください！」

「がんばれぇ、応援してるからぁー!!」

冒険者パーティ石匣の手はあらんかぎりの力を込めて、見知らぬ女冒険者に激励を飛ばした。

＊

「肉、肉、お肉っ」

アイラは弾む声を出しながら、ルインにしがみついていた。どどどどっと走るルインは、勢いを殺さずにジャイアントドラゴンの足の甲を踏み、ギリワディ大森林に生える木の幹と同じくらいの太さがある足を垂直に登っていった。

「ルイン、大丈夫？　このまま登れそう？」

「ああ、ここまで凹凸があれば、余裕だな」

宣言通りルインの肉球は硬いドラゴンの鱗に吸い付いて、衝撃を柔らかく吸収しながらどんどん上へ上へと駆けてゆく。すねを通って膝小僧をジャンプして避け、膝を通って太ももを過ぎ去る。

登ってくるルインを鬱陶しく思ったのか、ドラゴンは激しく体を左右に揺すった。

しかしそんなことでルインを振り払うのは不可能である。登ることに集中しているルインをサポートすべく、アイラはドラゴンの動き全体を注意深く見守る。

「十時の方角から尻尾が飛んでくる！」

「む」

アイラの予測通り大人の腕ほどもある棘がびっしりと生えた尻尾が飛んできたが、ルインは股下から尻方面にぐるりと駆け登りつつ尾の攻撃を避けた。

ルインはそのまま螺旋を描くように登ると、ドラゴンの胸あたりまでやってきた。

ようやくドラゴンの顔をアイラの視界が捉えた。

満月のように巨大な眼球。縦長に切り込みが入った双眸《そうぼう》が、眼下を見据えている。半開きになった口からは怒りの声が絶えず発せられており、ビリビリと鼓膜を揺らした。

「弱点、見えたか？」

「うん！」

アイラはジャイアントドラゴンの喉下を見る。緑色の鱗は一見、全て同じに見えるのだが、実は一枚だけ逆さに生えている。

人間同様飛び出した喉仏の上にある鱗。顎下に隠れてよく見えないその部分にドラゴンの弱点が存在している。しかしあまり派手にぶち抜いてはせっかくのお肉が台無しになってしまうので、被害を最小限に抑える必要がある。

アイラは大体、火魔法で対応するか、炎のブレスを吐く火に耐性のあるドラゴンには氷魔法を使う。ドラゴンの鱗は強力な魔法耐性があるが、逆さに生えた一点だけは脆《もろ》い。

今回の場合はどうするか。

ジャイアントドラゴンはおそらくブレスを吐かない。これほど巨大なドラゴンが火を吐けば森がひとたまりもなく燃えて大火災になってしまうからだ。そして水やかまいたち、雷など別種の魔法もしかけてこないことから、ジャイアントドラゴンに魔法攻撃能力は存在しない。体を大きくすることに全振りして進化してきたのだろう。

ならば答えは簡単だ。

「アイラ、間も無く喉下に到達する！」

「了解、ありがとうルイン」

アイラはルインの声に反応し、しっかりと顎を上げて頭上を見た。

喉仏がまるで岩のように隆起し、ドラゴンが雄叫びを発するたびにうごめいている。アイラは腰元に手を当て、鞘に納まったファントムクリーバーをスラリと抜いた。

カーブした柄がアイラの手にフィットし、刃の根元にはしっかりと固定して持つための指穴が空いている。人差し指を指穴にひっかけ、残る四本の指で柄を持ったアイラは、右腕をピンと伸ばして意識を包丁に集中させる。

ひもじいは辛い。空腹は苦しい。

四十日もの間ろくな食事をとっていない。最後の砂漠越えなんて、淡白なデザートワームの炒め物とサボテンステーキでやり過ごした。アイラの体は良質でハイカロリーなタンパク源を強く求めていた。

極上のドラゴン肉を食べたい。

その欲求に、人としての本能に突き動かされているアイラは今、持てる潜在能力を最大限引き出していた。

研ぎ澄まされた感覚は魔力となって体内を駆け巡り、右手に持つ武器へと収束する。

他を圧する巨体にも、身をすくませる雄叫びにも、一切の恐怖を抱かない。

求めるのはただ一つ——目の前の魔物を倒し、食らうことのみである。

己の欲望に忠実なアイラは、本能に従いジャイアントドラゴンを屠《ほふ》るべくファントムクリーバーを構えた。

過剰に魔力を注ぎ込まれたクリーバーが青白く光を発する。

四つ足を曲げたルインがだんっ、とドラゴンを蹴ると、大きく跳躍して喉仏へと差し迫る。アイラの眼前に逆さまに生えた緑色の鱗が見えた。右腕を縮ませて体に張り付かせた後、魔力を乗せる。

アイラの魔力を流し込み変幻自在に形を変えるクリーバーが、氷を纏って刀身を伸ばす。ルインの勢いは止まらない。ドラゴンの喉元に的確に突っ込んでゆく。

このままでは木の幹ほどもある太い首にぶつかって、アイラともどもペシャンコになるだろう。ルインはアイラを信用しているからこそ勢いを殺さない。

だからアイラはそれに応えるのみである。

射程距離に入るや否や、右腕を渾身の力を込めて突き出した。

アイラの背丈よりも伸びた凍りついた刃《やいば》が、ドラゴンの首を的確に捉える。

アイラの操るクリーバーはドラゴン種唯一の弱点である顎下の逆さに生えている鱗を捉え、貫く。凍った刀身はジャイアントドラゴンを内側から凍り付かせた。

血飛沫《ちしぶき》すらも出さず、ジャイアントドラゴンは獰猛な声を上げていた口を半開きにしたまま、わずかに瞳孔を開いた。

「魔法解除」

短いアイラの掛け声により、刀身を覆っていた氷の刃が霧散する。ルインは四つ足でジャイアントドラゴンの氷に覆われた喉元に着地してから、もう一度跳躍した。スタッと地面に降りたのとジャイアントドラゴンが倒れるのはほとんど同時だった。

絶命した巨体が地面に叩きつけられ、これまでの比ではないほど大地が揺れる。周囲の木々がわさわさと揺れ枝葉が落ち、まるで地震のようだった。遠くで驚いた鳥が羽ばたき逃げていく音も聞こえる。

唐突な静けさ。

アイラはファントムクリーバーを腰のベルトにねじ込むと、満足してジャイアントドラゴンを見上げる。

「よぉっし、お肉ゲットだぁ‼」

久方ぶりに食べられる極上の肉に、はやくも心を躍らせた。

仕留めた獲物の大きさに満足しながらルインから降り、しげしげと眺める。随分と大きい。横倒れになった巨体が巨木を押し倒してしまっている。ジャイアントドラゴンが倒れている部分の地面は若干沈んでおり、いかにドラゴンが重いかを物語っていた。

ルインが着地したのはちょうどジャイアントドラゴンの腹あたりだ。全体的に緑色の鱗で覆われているジャイアントドラゴンだが、腹部分は白かった。この鱗一枚でも、武器や防具や錬金術の材料に使われるので、きっといい値段で売れるだろう。調理器具をまた一揃えしなければならないので、お金はあればあるほどいい。アイラの心は浮き立った。

「思ってたより大きかったね」

「オレが見たものよりもう一回りは大きい個体であったたな。斬れて良かった」

「あたしのクリーバーに斬れない食材はないからね！」

アイラは腰に納まっているクリーバーの柄に手をやり胸を張った。

その時、ジャイアントドラゴンの尾の方角から人の声が聞こえて来た。「クルトン！」「クルトン、今助ける！」「死なないでぇ、クルトン!!」という声だった。

「クルトン？」

「そういえばジャイアントドラゴンと接触する直前、人間の悲鳴が聞こえたな」

「確かに、言われてみればそうだったね。お肉のこと以外頭になかった」

興味を引かれたアイラが声のする方に近づいていく。

クルトンというのは、あれか。パンを小指の爪ほどのサイズに切ってからもう一度揚げたり炒めたりしたもののことか。

アイラはクルトンが好きだ。

サラダやスープにクルトンが載っていると、それだけでご馳走に見える。

サクサクしたクルトンの歯ごたえも好きだし、スープを吸って味が染みているクルトンも好きだ。硬くなってそのままだと美味しく食べられないパンが、まるで不死鳥の如くクルトンとして再び美味しく蘇《よみがえ》る。なんという素敵な食べ物なのだろう、クルトン。

「ジャイアントドラゴンの戦闘に巻き込まれて、誰かがクルトンを落っことしたのかな」

「ふむ。可能性はありうる」

「あたしだったらクルトンを落としたら、確かに大騒ぎするなぁ」

「水気を吸っていない限り、落としただけならまだ食べられるが、あれは小さいから森の中でバラバラになったら拾うのが大変だな」

ルインとともに若干ズレた会話をしながらジャイアントドラゴンの体に沿って歩き尾までた

どりつくと、そこには四人の冒険者と思しき人間がいた。一人は草むらに横たわっている。地面に滲み出た血を見るに、どうやら結構な重傷を負っているらしい。

「クルトン、しっかり！」

「応急処置はした……あとはバベルに着くまでなんとか持《も》ち堪《こた》えてくれ！」

「クルトン、わたしたちがついてるから、がんばってぇ！」

冒険者三人は、横たわっている男に向かってワァワァ励ましの言葉をかけていた。

「クルトンは食べ物じゃなくって、人の名前っぽいね」

「のようだな」

「!? あ、あなたは……！」

クルトンなる名前の青年をかついだ、腰に剣を帯びた冒険者の一人がアイラとルインの存在に気がついた。

「窮地を助けてくれて、ありがとうございます！」

すると残る二人もアイラに向きなおり、頭を下げる。

「この御恩、一生忘れません」

「ありがとうございますぅ！」

ローブを着て杖を持った魔法使いらしき冒険者が頭を上げ、アイラとしっかり目を合わせながら早口で続ける。

「本当でしたら然《しか》るべきお礼をするべきなのですが、我々の仲間の一人が重傷で、一刻も早くバベルに戻って治療をする必要があります。我々はバベルに滞在しているので、冒険者ギルドでまたお会いしましょう。その時、お礼をいたしますので！　では‼」

「あ、待って！」

今すぐにでも走り去ろうとする冒険者たちを、アイラは呼び止めた。

「何でしょうか！」

「バベルに戻るなら、できればギルド職員さんにここに来るように伝えてくれないかな？　あたしとルインだけだと、さすがにこの巨体を運べないからさ」

「……わかりました！」

言うが早いか三人は、まるで空を飛ぶ飛竜のごとき速さでバベルの方角に向かって走り去った。残されたのはアイラとルイン、それにジャイアントドラゴンの巨大な亡骸《なきがら》だけだ。アイラは頬をぽりぽりと掻いた。

「行っちゃったね。成り行きだからお礼とかいらないんだけど……仲間が助かるといいねぇ」

「うむ」

「じゃああたしたちは、ギルドの職員さんが来るまでここで待ってよっか」

「うむ」

アイラとルインは一仕事終えた後の達成感に満たされつつ、今しがた仕留めたばかりのジャイアントドラゴンを見上げる。

これを間も無く調理するのだ、と思うとワクワクする気持ちが自然と込み上げて来た。

行きに追いかけて来たワイドエイプの群れも、他にいると思われる魔物もどこかに隠れてしまったらしく気配すら感じない。

魔物というのは本能的に恐怖を感じ取るものなので、己よりも強い敵には絶対に立ち向かってこない。ジャイアントドラゴンというギリワディ大森林でもひときわ強大な魔物に打ち勝った相手になど挑まないのだ。これは砂漠のオアシスでデザートワームグロウを撃破した時と同じなのだが、久しぶりに肉を手に入れたアイラは何にも気がつかない。鼻歌混じりにジャイアントドラゴンを見つめるだけだ。

「おっ肉〜♪　おっ肉〜♪」

「うまいステーキになるのが楽しみだ」

ルインまでも、これから食べるドラゴンステーキに思いを馳せて鋭い牙が並ぶ口からよだれを垂らしていた。炎のような尻尾をブンブン振って喜びを表している。

さほど時間が経たないうちに、複数の人間の気配がし、アイラの側《そば》に降り立った。ギルド職員の制服を着た彼らの中に見知った顔を見つけ、アイラは気軽に右手を上げる。

「あ、ブレッドさん。こんにちは！」

「……こんにちは。知らせを受けてまさかとは思いましたが、本当にジャイアントドラゴンを仕留めるとは……」

戸惑いを露《あら》わにアイラとジャイアントドラゴンを見比べるブレッドに、アイラはあっけらかんと言った。

「ご馳走を前に、ついつい本気出しちゃった！」

凶悪な魔物をどこまでも食材としかみなしていないアイラを前に、ブレッドを含めたこの場に来たギルド職員全員が畏怖の目を向けたのだが、アイラは全く気が付かない。ジャイアントドラゴンを検分している職員が、信じられないとばかりに声を上げる。

「このジャイアントドラゴン、驚くほど損傷が少ない。顎下の鱗を一撃で貫いている」

「おまけに腐敗しないように傷口が氷漬けにされているな」

「神業《かみわざ》だ……一級冒険者の中でも、一体何人がこれほど鮮やかにジャイアントドラゴンを仕留められるやら」

賞賛とわずかながらの疑惑の目を向けられても、アイラとルインは全く気にしない。

「やあー、久々にお肉が食べられると思って、あたしもルインも本気だしたんだよ。ねっ、ルイン？」

「うむ！　なにしろアイラが焼くステーキは絶品だからな。オレがアイラについていくことを決めたのは、飯がシーカーより美味いからに他ならない」

「あ、やっぱり？　だと思ったよ！」

「シーカーは食えれば良いと考えている節があるからな。煮込みか串焼きの二択だった」

「わかる。それも美味しいんだけどね」

「もう一工夫あるとより美味になると知ってしまったからな」

命の恩人で魔法を教えてくれたシーカーがアイラは大好きだし尊敬しているが、料理に関していうならば、ダストクレストの料理人たちのほうが上手だった。

彼らは食に関して創意工夫を施しており、どんな素材だろうと美味しく食べてやるという執念を感じた。そしてそれは、幼少期に極貧生活を送り空腹に喘いでいたアイラにも通じる執念だった。腹が満たされれば満足なのは確かだが、どうせならもっともっと美味しく食べたい。そして美味しく食べる方法を知りたい。

「美味しそうだよね、ジャイアントドラゴン。これだけ大きければ食べ応えあるよね」

さっきから美味しそうとしか言わないアイラに、ブレッドが困惑気味な苦笑を漏らす。

「この魔物を前にしてそのように仰《おっしゃ》るのは、アイラさんが初めてです」

「そうなの？　まあ、なんでもいいや」

鼻歌でも歌い出したいくらい機嫌のいいアイラ。ふとギルド職員が連れてきた魔物と目が合った。

アイラが見たことのない初めての魔物だ。

鳥と馬を掛け合わせたような見た目をしている。首が長く、体つきは馬っぽいのだが、羽毛が生えている。一応翼も備えているようだが、退化しているようであれでは飛べないだろう。

アイラがジロジロ見ているのに気がつきブレッドが説明をしてくれた。

「これはヒポグリフ。グリフィンと親類の魔物で、このギリワディ大森林を北東に進んだフェーレ大渓谷に住む魔物です。グリフィンより大人しく人に馴染むので、ギルドで飼い慣らして従魔にしているんですよ。有事の際に連れ歩くのに役立つので」

「へぇーそうなんだ。グリフィンの親類ね……ってことは、味もグリフィンに似てるのかなぁ」

アイラは基本的に他者の従魔を食べるような趣味はないのだが、今はお腹が空きすぎていて思考回路が全て食事に直結してしまっていた。

ルインも同様のようで、口の端に涎《よだれ》を滴らせながら低い唸り声を上げる。

「オレもこの魔物は初めて見るが、興味深いな。……たくさんいるようだし、どれ、一頭くらいならば味見をしても構うまい」

「グ、グエ……」

アイラとルインにギラギラした目つきで見つめられ、ヒポグリフは後ずさった。ブレッドがさっとヒポグリフを隠すように立ちはだかる。

「大切な労働力なので、食べないでくださいよ。捕まえるのも飼い慣らすのも、それなりに手間がかかるんですから」

「……わかってるって、冗談だよ、冗談。あははは」

アイラが乾いた笑いを漏らしても、ブレッドは眼鏡の奥から疑わしげな表情を送ってくる。

「そっ、それより、ジャイアントドラゴンの方が美味しそうだし！　こんなに大きな魔物、どうやって連れて帰るの？」

「大きすぎるので、部位ごとにざっくりと分断してからヒポグリフに引かせます」

「そっかそっか、なるほどね」

こうして説明を受けている間にも、巨大なジャイアントドラゴンの五体がバラバラになっていく。胴体部分は分断しても大きすぎるので、さらに細かくされていた。

ドラゴンの血液は貴重なので、傷口から血液が流れ出ないよう氷漬けにされ、おおよそ十個の塊に分けられたジャイアントドラゴンをヒポグリフが引いていく。

アイラは最後尾を、ルインの上にまたがって進んでいた。

「なあアイラ。ジャイアントドラゴンは大層な大きさだが、どの部分を調理するつもりなんだ？」

「ふっふっふ、それはね……ルイン。一番美味しい部分だよ」

「一番美味しい部分？　どこだそれは。ドラゴンの肉は、どの部位も美味いと記憶しているが」

「確かにどこもかしこも美味しいんだけど、その中でも一際美味しい部分ってあるじゃん？」

アイラの問いかけにルインはしばし黙って森の中を進む。そして首を横に振った。

「わからん。正解はなんだ」

「正解は……戻ってからのお楽しみってことで！」

「何っ。もったいぶるな。教えてくれ」

「ふっふっふ」

「何だその含み笑いは……教えてくれ！」

「あとちょっとのお楽しみ」

「ぬぬう……」

　ルインもアイラもお腹がぐるぐる鳴っている。

「早く料理したいなぁ」

「オレも、早く食いたい」

「ステーキ！　ドラゴンステーキ！」

「うむ。ドラゴンステーキ！」

　アイラとルインはギルド職員たちに奇異の目で見られるのも構わず、「ドラゴンステーキ」と大合唱しながらバベルへの道を戻ったのだった。

6 ドラゴンステーキ　ミディアムレアに焼いて

バベルに戻った一行は、ギルドには行かずに一階の部屋に足を踏み入れた。

一階から十階までは吹き抜けのだだっ広い円形の部屋となっており、どうやら魔物の解体・処理をするための場所らしい。大勢の人が忙《せわ》しなく働いている。

そこにジャイアントドラゴンが運び込まれるや否やみんなの目が一斉に釘付けになり、横たえられた巨大な死骸に近づくと、しげしげ観察を始めた。

ブレッドはアイラに向き直ると、事務的な話を切り出す。

「では、アイラさん。確かにジャイアントドラゴンの棘の採取依頼を達成ということで……おめでとうございます」

「うん、ありがと」

「それで、素材なのですが、すべてを我々ギルドの方で買い取る形でよろしいですか？　それとも一部ご自身でもお使いになりますか」

「尻尾の肉だけ食べるから欲しいな。あとは要らないから買い取りで」

「承知しました。では、肉部位以外の棘と鱗と皮を削ぐので、少々お待ちくださ……」

「待った!!」

ブレッドの言葉をアイラは大声で遮る。ブレッドは指示を出そうと手を上げたまま固まった。

「尻尾部分の鱗取りと皮剥ぎはあたしがやるから！」

「左様ですか。それは失礼いたしました」

ブレッドが一歩下がって道を譲ってくれたので、アイラは自ら仕留めたジャイアントドラゴンの前まで行く。

ルインも尻尾を振りながらついてきた。

「なるほど、尻尾の肉を食うのか」

「うん、そう」

ドラゴンの肉はどこもかしこも美味しいのだが、とりわけ美味なのは尻尾の部位だ。特にお尻の骨周りについている肉は絶品である。噛んだ時の歯応えと弾力、えもいえぬジューシーな脂のノリ具合、どこをとっても完璧だ。どこを食べるかと聞かれたら、尻尾の肉とアイラは答える。

そして食べる以上、処理の段階から自分でやりたい。

鱗取りも皮剥ぎも、どちらも一歩間違えると可食部に傷を与えかねないので慎重にやる必要がある。アイラは腰のベルトからファントムクリーバーを引き抜いた。

まずは氷魔法を刀身に付与したクリーバーで胴体と尻尾を切り離すのだが、獲物がデカすぎる。刀身を厚く氷で覆い、伸ばす必要があるのでそのようにする。

「はあっ！」

気合の短い一声と共に腰を落としてぐっと足に力を込め跳躍、そのまま伸びたクリーバーを頭上まで振り上げてから勢いよく下ろせば、スパッと切れ味良く尾は胴体から切り離され、地面すれすれで刃の勢いを殺して土に刃がめり込むのを防いだ。

おぉ、というどよめきと賞賛の声が周囲から漏れた。

「すごい……ジャイアントドラゴンの鱗が一撃で切り落とされた……」

「しかも切り口が凍り付いていて、損傷を抑えている」

「なるほどこれなら、ジャイアントドラゴンを仕留めたのも納得の腕前だな」

アイラはギルド職員の声を右から左に聞き流しつつ、鱗取りにとりかかった。

尾の断面にはうっすらと霜がついている。あまりガチガチに凍らせても無意味なので、最低限の冷凍措置しかしていない。

ドラゴンは鱗、皮、肉という三段階で内部組織を守っていて、ゆえに体内まで攻撃が通りにくく厄介な魔物だ。そして肉を食べたければまず鱗をきれいに剥がしてから皮を取る必要がある。ドラゴンの皮は硬すぎるので食べるのは不可能だった。

鱗は一枚一枚剥がす方法と一度に剥がす方法の二種類が存在している。アイラは後者を好んでいた。一枚ずつ剥がすのは時間がかかって仕方がないし、皮や、場合によっては肉も傷つける可能性があるからだ。

そんなわけでアイラは、尾の断面をよく観察し鱗と皮の間のごく狭い部分に慎重にクリーバーを差し込んだ。

鱗を取る場合、鱗の形によって取り方も変わってくる。ドラゴン種はだいたい六角形の鱗をしている。今回もそうだった。ぐっとクリーパーを直角になるように突き立て、鱗と鱗の切れ目にクリーバーを沿わせ、尾の付け根から先までと同じ長さになるようクリーバーに氷の刃を纏わせる。するとピーッと一直線の切り込みが入るので、あとはぐるりとクリーバーを一周させればおしまいだ。

続く皮剥ぎも要領は同じだが、鱗と違って形などを気にしなくていい分鱗取りよりも容易《たやす》い。アイラは皮剥ぎが得意だ。なぜならば、ダストクレストにいた犯罪者、皮剥ぎのロージーによってみっちりと仕込まれたからである。一流の皮剥ぎの腕前を持つロージーにアイラも皮の綺麗な剥ぎ方を教わった結果、アイラの皮剥ぎの腕前も向上したのだ。

一枚の布のように美しく剥がれた鱗と皮を見て、ギルド職員たちは息を呑む。

「なんという鮮やかな手つき！」

「彼女は一体何級の冒険者なのだ？　何？　まだ未登録？」

「討伐だけでなくこれほど解体にも長《た》けているなんて、ギルド職員に欲しい人材だな」

などという声を聞きつつ、アイラは綺麗に鱗と皮を取れたことに満足しながらブレッドを仰ぎ見た。

「この棘と鱗と皮は使わないから、買い取ってもらってもいい？」

「はい、もちろんです。あまりにも大物なので……合計金額をお伝えするのは明日でもよろしいでしょうか」

「全然いいよ」

アイラは頷いた。そしてつい今しがたアイラの手によって姿を現した霜降りの肉を見つめる。

綺麗に剥き出しになった肉の塊を前にすると、アイラのテンションがぜんあがった。さっきまでも高揚していたのだが、もう昂《たかぶ》りが抑えられない。テンションマックスだ。

「はぁあああ……！　見て、見てルイン。このお肉の色味！　死にたてほやほやの鮮やかな赤身と、霜降りがかった白い脂肪！　フレッシュなお肉ならではの色！」

「この肉を見るだけで、肉の旨さがわかるというものだな！　焼いて食おうではないか！」

「あっ」

ルインがぐるぐるとアイラの周りを回り、その中心で拳を突き上げ「イエーイ！」となった状態のままアイラはかたまった。

「どうしたのだ？」

「……調理道具がなんにもないんだった」

「ヌッ」

ルインの大きい目が満月のように見開かれた。

「ああああ！　そうだったな！」

「どうしよう!?　せめて鉄板がないとステーキが焼けないよ!!　素材を換金できるのは明日だし！」

「うぬぬぬ、明日までなど、待てぬ！」

慌てふためいていたアイラとルインの耳に、「おーい‼」という声が聞こえてきた。バベル内部に通じる扉から、一人の冒険者が飛び出してくる。先ほどクルトンを担いで行った魔法使いだ。魔法使いはアイラの前で止まると、膝に手をつき息を整える。

「窓からジャイアントドラゴンの巨体が見えたので、ギルドに行ったらここにいると聞きまして。先程は十分なお礼も言わずに走り去ってしまってすみません」

「別にいいよ。仲間が死にかけてて急いでたんでしょ？　えーっと……」

アイラが魔法使いのことをなんと呼べばいいか迷っていると、姿勢を正して自己紹介をする。

「僕は冒険者パーティ『石匣の手』リーダーのエマーベルと申します。貴女《あなた》が来てくださったおかげで、僕たちは窮地を脱しました。死にかけていた仲間も聖職者に見せたおかげでなんとか助かりましたし、どうお礼をしていいやら。もし僕たちに出来ることがあったら、何なりとおっしゃってください」

エマーベルと名乗った魔法使いをアイラはじっと見た。土色の瞳を持つ、アイラ同様十代後半と思しき魔法使いは、土属性魔法を操るのだろう。髪の色はごくありふれた茶色で、これは一般人と違わない。土属性を有する人は、小麦色の髪を持つブレッドや土色の瞳をしたエマーベルのように、ただの茶色とは異なる色素を持っている。

渡りに船だ、ラッキーとアイラは思った。

「じゃあ、早速お願いがあるんだけど」

「はい！　なんでしょうか」

「鉄板持ってたら貸してくれないかな？」

「……はい？」

「鉄板」

アイラは言いながら、今しがた切り出したばかりの肉の塊を高々と掲げた。

「このドラゴンの肉を、世にもまれなる絶品ステーキに焼き上げたいから、鉄板が必要なの!!」

石匣の手のリーダーのエマーベルは、予想外のお願いに体を硬直させた。


バベルの塔のとある階で、じゅーじゅーと肉の焼ける楽しい音が聞こえてくる。

煙と共になんとも言えない香ばしい匂いが漂ってきて、その匂いは猛烈に食欲をそそるものだった。

「わあー、見てよルイン！　この美味しそうな焼け具合を!!」

「うむ、久しぶりの肉。早く食べたいな！」

エマーベルは快く、自分たちが使っているバベル内の居住区域にあるキッチンへ案内してくれた。と言ってもこのキッチンは共同用のため、石匣の手以外のメンバーも集まってきていた。

キッチンは肉の匂いにつられた冒険者で満員だった。

「美味そうだな！　なんの肉だ？　何、ジャイアントドラゴンの肉だと？」

「そりゃまた大物だな」

「明日には市場に素材や肉が出回るだろうから、俺も買ってきて料理しようかな」

「こうしちゃいられん、肉を買う用の金を稼いでこねえと」

などという声が聞こえてきた。

ワイワイガヤガヤ人が行き交い、いろんな情報を交換し合っていたが、アイラとルインの目はただひたすら肉に注がれている。

共同キッチンの鉄板は大きく、ジャイアントドラゴンのステーキを焼くのにピッタリだった。きっと大型の魔物の調理ができるよう、そして大人数用にキッチンが広めに造られているのだろう。

五センチの厚切りにして表面に塩を振ったドラゴンの肉を焼くのはこの上なく至福の時間だ。

極上の肉をこんなに分厚く切って食べられるなんて、なんて贅沢なんだろう。

ジャイアントドラゴンの肉をミディアムレアに焼いていくのは、とても神経を使う。中心からは血が滴るくらいに、けれど表面はこんがり美味しく焼くのがポイントだ。焼きすぎると硬くなってしまうので、本当に微細な火力調整が必要になる。

共同キッチンのコンロを魔法で慎重に火力調整しつつ焼くアイラ。

コンロは魔導具なので、自動で火力を調整してくれるのだが、火魔法が得意なアイラはいつも自力でどうにかしていた。その方が意のままにできるので、そうしたほうが良い。

鉄板の上で焼ける肉と下で燃える炎のどちらにも気を配りながら、アイラの水色の瞳は至極真剣だった。

隣にいるルインの喉仏が動き、生唾を飲み込む音がした。

「アイラ……オレにはわかる。このステーキ、美味いぞ」

「うん。絶対美味しいよね」

まだ一口も食べていないのに、二人は確信に満ちていた。

鉄板の上で脂が跳ねて踊っている様は、見ているだけで胃袋を刺激する。

アイラとルインのテンションは密かに、着実に最高潮に達しつつある。もはや口の中は、ス

テーキを求めて唾液でいっぱいだった。ステーキが食べたい。サボテンじゃなくってドラゴンのステーキが！　塩を振ってミディアムレアに焼いたドラゴンステーキが、食べたい!!

そしてアイラとルインにお待ちかねのその時がやってきた。

表面がこんがり焼けた、みるからに美味しそうな肉の塊。湯気を立てるそれをこれまた石匣の手のメンバーから借りた皿に載せる。曰く、共同キッチンにある共用のものらしい。

「出来た……『カリッと焼いた極上ドラゴンステーキ』！」

アイラの作ったステーキは非常にシンプルなものだった。

付け合わせも何もない、塩を振っただけの肉の塊。

しかしその肉の塊は、この上もないご馳走だ。

極上の素材を贅沢に使って焼き上げたステーキは、そんじょそこらの肉とは違うのだ。

「「いただきます!!」」

二人は揃ってそう言うと、アイラはナイフとフォークを手に、ルインはそのまま肉に齧《かじ》り付いた。

口に広がる、四十日ぶりの肉の味。

ジャイアントドラゴンの肉は、赤身と脂身のバランスが絶妙で、実に美味しい逸品だった。表面が焦げる直前まで焼いたカリカリとした肉には塩気があり、内部は噛み締めると肉々しい味わいが楽しめる。

カリッとジューシー。

そんな言葉がぴったりのステーキ。

夢にまで見た、お肉の味だ。

アイラもルインも恍惚《こうこつ》とした表情でしばし肉を堪能したあと、口の中からあっという間になくなってしまった肉をもっと食べるべく、すごい勢いで肉をかっ食らった。

肉は美味しい。肉は至福だ。肉さえあれば世界は平和になるだろう。

アイラとルインは肉しか求めていなかった。視界には肉しか入っていなかったし、お腹いっぱいに肉を食べること以外、何も考えていなかった。

だからアイラとルインを見守る、石匣の手を筆頭とした冒険者たちの会話なんて、まるで耳に入っていなかった。

アイラとルインの食事風景は、そのまま冒険者たちの胃袋を刺激し食欲をそそった。

「いい食べっぷりだな……うまそうだぜ。見ているだけで腹が減る」

「ドラゴン種の肉が美味いというのは知ってるが、こうも美味そうに食べるとはな」

「市場にどれくらいの量の肉が卸されたか、誰か知ってるやついるか？」

一人の冒険者の問いかけに、エマーベルがおずおずと手を挙げた。

「彼女たち、討伐に成功しているので、丸ごと一頭卸されているはずです」

「何……？」

「丸ごと一頭、だと……？」

冒険者たちがざわめき出す。

「それなら明日あたりは、大量のジャイアントドラゴンの肉が出回るな！」

「ドラゴン肉のステーキ祭りだ!!」

アイラの背後で冒険者たちが大いに盛り上がっているのだが、アイラの耳には届かない。

巨大な尻尾の肉を全て食べきったところで、ようやく満腹になったアイラとルインは、大きく伸びをした。

「っっっはーーーー！　美味しかったぁぁぁ!!」

「だな!!」

四十日ぶりに肉を堪能したアイラとルインは、心の底から満足して声を上げた。

幕間

バベルという都市について

The exquisite gourmet life of
a hungry chef who goes with fluffy.

1

「あぁー、美味しかったぁ」

「ステーキは表面をコンガリ焼くに限るな」

「フライパンより鉄板だよね。鉄板借りられてよかった」

「うむ。鉄板だと満遍なく表面が焼けるから、コンガリ具合が段違いだ」

心ゆくまでジャイアントドラゴンのステーキを堪能したアイラとルインの元に、クルトンを除く石匣の手のメンバーがやってきた。アイラは片手を上げて朗らかにお礼を言う。

「キッチン貸してくれてありがとう！」

「いえ、共同のキッチンですみません」

「借りられただけでありがたいよ。騒がしくしちゃってごめんね」

アイラが周囲を見回すと、散開していく冒険者たちが口々に今晩の食事について話し込んでいた。「ドラゴンじゃなくても肉が……」「ステーキにするか」などの声が聞こえてくる。冒険者もお肉が好きなんだなぁと思った。やはり体を動かす仕事を生業《なりわい》としている分、肉を食べたくなるのだろう。

自分が今夜一部の冒険者の間で肉祭りが開催される発端となるとは露も思わず、アイラはそんな感想を抱く。

リーダーのエマーベルに代わり、ツインテールに妙にヒラヒラした服を着た冒険者、シェリーが話しかけてきた。

「何だかぁ、ものすごく真剣に食べてましたねぇ」

「四十日ぶりのお肉だから」

「四十日……ということはもしかして、バベルまでは自力で来たんですかぁ？」

「そうだよ」

「えぇっ、すごいですねぇ……！」

剣士のノルディッシュも目を見開き、「すごいなんてもんじゃねえ」と言っていた。あまりの驚きようにアイラは首を傾げた。

「他に来る手段あるの？」

「地上からは危険すぎるのでぇ、普通はぁ、バベルと他の都市とを行き来する船か竜商隊に同行するんですよぉ」

「竜商隊は上空を飛んでいくし、船はパルマンティア海を越えていくから徒歩で行くよりまだ安全なんだ。まあ、今はあんまり安全とは言えねえが……。徒歩でここまで来るのは、一級冒険者でも並大抵じゃねえぞ」

「あ、そうなんだ。皆徒歩で来るのかと思ってた」

「そんなことできるのはぁ、本当に一握りの実力者だけなんですよぉ！」

「確かに来るの、大変だったからねー。ね、ルイン」

「うむ。砂漠の暑さはアイラの結界魔法でどうにでもなったが、とにかく食料がないのがキツかったな」

「ほとんどデザートワームとサボテンステーキしか食べてなかったもんねぇ」

「砂漠を越えて来たのか」

剣士ノルディッシュの問いにアイラは頷いた。

「そう。ギスキアナ山脈を越えて、そっからずーっと砂漠。山脈の魔物はバロメッツかアルマジロン、砂漠はデザートワームだけ。ひどいと思わない？　タンパク源が足りないよ、タンパク源が！」

アイラは力説した。

バロメッツは一見山羊《やぎ》のような魔物なのだが、本体は山羊ではなく下から生えている植物のほうで、山羊部分は獲物を誘《おび》き寄せるためのフェイクで食べると毒にあたって死ぬ。

アルマジロンはくるんと丸くなると岩と見分けがつかなくなる魔物だ。ゴロゴロと体当たり攻撃してきて、地味に痛い。しかも食べるところがほとんどない。

岩場に生えるわずかな木の実やアルマジロンのほんの少しの可食部でしのいだ二十日間は、両親と共にあてもなく放浪していた頃を思い起こさせた。

その後の砂漠も山よりマシな食生活を送れていたとはお世辞にも言えない。

「それであの食欲だったんですね……」

「そう」

「そうなのだ」

納得顔のエマーベルにアイラとルインは神妙な面持ちで頷いた。

「おそらくお二人は、デザートワームの生息地帯を通って来たのでしょう。黒く鎧の様に変質した皮膚を持つ、デザートワームグロウという魔物が一帯を巣にしているので、他の魔物は寄り付かないんですよ」

「どうりでデザートワーム以外に出てこなかったはずだわ」

「デザートワームグロウはジャイアントドラゴンと同じくらい凶悪で、並の冒険者なら倒すのに苦労する相手なのですが……」

「たしかに、硬かったねえ」

「その一言で済ませるなんて、さすが、本物の強者は貫禄《かんろく》が違う……」

虚《うつ》ろな目をして笑うエマーベルはさておき、アイラはお腹をさすって快活な声を出した。

「でも、ひとまずは満腹！」

「すみません、今更なのですがお二人のお名前は……」

「あ、あたしはアイラ。こっちは火狐族のルインね」

「アイラさんとルインさんは、この後はどうするつもりなんですか？」

「バベルに留まってここらの魔物を食べ尽くそうと思ってる。けど、素材の換金は明日だから、今日のところは野宿かな。今あたし、銅貨一枚すら持ってないし」

「支払いが確実にできるのでしたら、一時宿泊所を利用できますよ」

「あ、そうなの？」

「はい。ギルドで手続きできるので、行って事情を説明すれば宿泊できます」

「いいこと聞いた！　ありがとう！」

アイラはエマーベルの手を取り、ブンブン振る。

「じゃあ、いつまでもいたら邪魔になるだろうし、もう行くね！」

「はい。この度は本当にありがとうございました！」

「つした！」

「この御恩は絶対に忘れませぇん！」

石匣の手の面々に見送られ、アイラは間借りしていたキッチンからお暇《いとま》する。

アイラが滞在したバベル内部の居住区域は、一階同様の造りだった。大きな窓に鉄格子がはまり、床も壁も天井も黄土色の土を焼いて固めた煉瓦を積んでできている。広い廊下にはこれから出かける住民と、戻ってきた住民とが行き来していた。アイラはそんな人々を尻目にキョロキョロする。

「えーっと……冒険者ギルドに行くんだよね。とりあえず一階に転移して、それからまたギルドまでの転移魔法陣を見つけていけばいいかな？」

どうやらこの都市内部は移動手段として転移魔法陣が利用されているらしく、目的地に行くまでの手順がちょっとややこしかった。

ルインがちょうど前方に見えた階段をチラリと見てアイラに提案する。

「階段で行けばいいのではないか？」

「ここが何階で、ギルドが何階にあるのかわかってたらそうするんだけど……」

アイラは転移魔法陣に乗っているだけなので、何階に何があるのかがさっぱりわかっていない。

「とりあえず一階まで降りて、ギルドに行って、色々説明を聞いた方がいいかも」

「そうだな」

頷くルインを伴って、アイラは階段横に設置されている転移魔法陣に乗り一階まで行ってから、ギルド行きの転移魔法陣に乗り、ようやく冒険者ギルドにたどり着くことができた。

ギルド内は最初に来た時同様、人がたくさんいた。室内は他の場所と違い、濃茶の木張りの床と白い漆喰の壁だった。高い天井からはランプが吊るされ、淡い光を投げかけている。カウンターに近づくと、すでに一階の解体処理現場から戻ってきていたらしいブレッドの姿が奥に見えたのでアイラは話しかけてみる。

「ブレッドさーん」

「あぁ、アイラさん。お待ちしていました」

そう言ったブレッドがカウンターにやって来てくれた。愛想の良い朗らかな笑みを浮かべている。アイラがあまり見たことのない類《たぐい》の表情だ。シーカーはいつも自然体で穏やかな表情をしていたし、ダストクレストの住民はもっと打算的な顔をしていた。ギルド職員のブレッドは営業的でありつつも親しみのある笑顔だった。

「ジャイアントドラゴンを丸ごと一頭狩ってくるとは思いもしませんでした。下の解体現場は、今夜は夜通し作業だとはりきってましたよ。さっそく冒険者登録をしますか？」

「そうしたいんだけど、まだお金がなくって」

「なるほど、では明日にいたしましょうか。それでは、どのようなご用件で？」

「さっき他の冒険者に、収入の見込みがあるなら後払いで宿泊ができるって聞いたから」

ブレッドは合点がいった様子だった。

「確かに、お越しになったばかりでしたね。では宿泊ついでにバベルについての説明をいたしましょうか？」

「うん、お願い」

ブレッドは一度カウンター奥に引っ込むと、デスクから羊皮紙を数枚持って戻ってきた。

「バベルは百一階建ての建造物で、階層ごとに特色があります」

そう言ってブレッドが説明してくれたバベルは、ざっと以下のような構造だった。

一〜十階　魔物の解体・処理・素材選別のための場所
十一〜十五階　解体した素材の二次〜最終加工場
十六〜二十階　素材や都市で暮らすための必要品が売られている市場
二十一階　冒険者ギルド
二十二階　酒場
二十三階〜三十階　一時滞在者のための宿泊施設
三十一〜三十九階　棚田・作物栽培エリア
四十一〜五十階　居住区域その一。低級居住区
五十一〜六十階　居住区域その二。中級居住区
六十一〜七十階　居住区域その三。高級居住区
七十一〜八十階　居住区域その四。最高級居住区
八十一〜九十階　聖職者エリア。聖堂、傷病者治療所、病室
九十一〜百階　フィルムディア大公一族の住居および貴賓室

百一階　女神ユグドラシルを祀《まつ》る祭壇

「各階層に一階と市場、ギルド、それに治療所への直通の転移魔法陣があります。階層ごとの行き来は原則、その階層に住んでいる人の許可がないとできません。階段もありますが、非常時用です」

「結構きっちり決められてるんだぁ」

「揉め事が起こらない様にするための措置です。なにせこれだけ巨大な都市なので」

「ふぅん……それにしても、こんな不毛な土地によくこれだけの都市を造ったね。昔の人ってすごい」

「厳密には全てが人工物なわけではなく、元々巨大な山だった所を現在ある都市の形にしたらしいです」

「あ、そうなんだ？」

「はい。その山を中心に四方の気候や生態系が変わっているので、冒険者の拠点にするにはうってつけだと。だんだん住む人が増え、この形に落ち着いたのです」

「なるほどねぇ」

「各階の家賃などについても聞きますか？」

「んー、それは明日素材の価格が決まってからでいいかな。ひとまず今日は、宿泊でお願いできる？」

「はい。素材の価格から天引きということで、処理させて頂きます」

ブレッドがテキパキとしているおかげで実にスムーズに話が進んだ。

空いている宿泊施設まではギルドから階段を上っていく。共同の場所は階段で行けるようだ。

二十二階の酒場をちらりと見たが、広いホールに円いテーブルと椅子が所狭しと並べられ、ジョッキ片手に豪快に飲み食いしている人々の姿があった。給仕係の持つトレーやテーブルの上に肉料理が載っており、今しがた散々肉を食べたばかりだと言うのにアイラの胃は肉を求めてうずいた。いやいや、ダメだ。手持ちの肉は食べきってしまったし、今のアイラに酒場で何か注文できるようなお金はない。財布が空っぽどころか、財布すら持っていない。

しかしルインも、肉を食べる冒険者たちのことを満月のような瞳で見つめ、「ギュウウウ」と口からうめき声の様なものを発していた。アイラはルインの目を覗き込んで、頭をわしゃわしゃとしながらなだめた。

「ルイン、気持ちはわかるけど我慢だよ」

「だが、しかし……奴らは肉を食べている！」

それが問題だ！　とでも言わんばかりの悲痛な声だった。

「あたしたちも食べたじゃん。もう満腹でしょ？　お腹はちきれそうでしょ？」

「はち切れても構わん。肉で胃袋が裂けるなら、それも本望！」

「その気持ち、すっごいわかるよ。あたしも今、こんなことなら、尻尾だけじゃなくて胴体の肉もまるごともらえばよかったかなあってちょっと後悔してるし。でも！　これ以上食べたら本当にお腹が破裂しちゃうよ！　そしたらこれから先、美味しいものが食べられなくなっちゃうじゃん！　そんなの嫌じゃない？」

「ぐぬぬぬぬぅ」

「ほら、目を背けて。とりあえず今日はもう肉のことを忘れて、ちゃんとした場所で寝ようよ」

ルインはまだ低く唸り声を上げていたが、ひとまず納得してくれたらしく、最後にもう一度だけ酒場に集う人々に向かって羨ましそうな視線を投げかけた後、大人しく階段を上った。

二十三階にある指定された一室の鍵を開けると、そこはごく一般的な宿と変わらない簡素な部屋だった。鉄格子がはまったアーチ状の窓のそばにベッド、その脇に棚がある。部屋の右手に木の扉があり、開けると洗面所、トイレ、シャワーと水回りが一通り揃っていた。当たり前だが、キッチンはない。

「ルイン、シャワーあるよシャワー！」

「オレはシャワーはあまり……」

シャワーに喜ぶアイラとは対照的に、ルインはあまり乗り気でない。火狐という、体内に熱源を持った生き物であるルインは水浴びが好きではなかった。

「オレはいい」

ジリジリと後退してアイラと距離をとり、断りの言葉を繰り返すルイン。

「しょうがないなぁ……じゃあ、あたしだけシャワーを堪能しようっと」

かたくなに嫌がるルインをその場に残し、アイラは服を脱いで裸になってシャワーをひねった。あたたかいお湯が肌にあたり、すっかり日に焼けてしまった皮膚の上を優しく滑る。泡立てた石鹸《せっけん》で頭をシャカシャカ洗うと、髪と髪の隙間からジャリジャリした砂の感触が伝わり、ものすごく体が汚れていたことを自覚させられた。

アイラは一度だけ砂漠でオアシスを発見して水浴びをした。しかし着の身着のままの旅の間だったので、当然石鹸なんてなかったし、いつ何時魔物が襲ってくるかわからないのでそんなに長々と水浴びしている余裕なんてなかった。丸裸ではなく下着姿での水浴びだったし。こうして安全な場所で、石鹸を使って丹念に体と頭を洗えるというのは非常に贅沢なことだ。

アイラは心ゆくまで全身を磨き、ついでに着ていた服も洗った。四十日ぶりの洗濯である。その汚れ具合は、自身の体についた汚れ同様すさまじいものだった。石鹸の半分を使ってようやく綺麗になったところで水気を絞り、部屋に置いてあったタオルを持って浴室を出る。部屋ではルインが寝そべってくつろいでいた。

「ルイン、シャワー終わったよ」

「…………」

「あ、もう寝てるの？」

返事はなかった。寝るのが早い。

濡れた服を部屋の端から端へと張り巡らせてあった縄に引っ掛けて干し、髪をタオルでガシガシと拭いて乾かす。体にはシーツを巻き付けておいた。風魔法が使えればもっと手軽に乾かせるのだが、アイラは生憎《あいにく》風属性の魔法は使えない。かつてシーカーと旅をしていた時、水浴びした後にシーカーがアイラの髪や服などを乾かしてくれたのだが、あれは便利そうだった。

そういえばシーカーはどんな属性の魔法でも難なく使っていたなぁと思い、一体彼は何者だったのだろうと首をひねる。

髪は濃茶だったけど、目の色が見たことのない不思議な色をしていたので、もしかしたら全属性の魔法を使える特殊な才能を持っていたのかもしれない。

床の上ですっかり眠ってしまっているルインにそっと近づき、胴体に巻き付いている用具一式を外した。毛織物にひっかけてあった布袋五つをフックから外して、服と一緒に干す。

ベッドに腰掛けて窓の外を見ると、鉄格子越しに見えるのは、大森林の鬱蒼とした木々だけだった。ここはバベルの塔の二十三階でかなりの高さだというのに、ギリワディ大森林の木はもっと上へと伸びているらしい。時折木が揺れ葉が落ちる以外に見えるものは何もない。

アイラはベッドにぼふんと身を横たえた。

「あぁ〜、久々のベッドだぁ」

ルインの毛に埋もれて眠るのもそれはそれで心地よいのだが、常時結界魔法を張っていなければならなかったのでちょっとしんどかった。ここならば、入浴同様敵の襲撃に気を使わず、安心してぐっすりと眠れるというものだ。

肉でお腹も膨れたし、シャワーで体もさっぱりした。

久方ぶりに人間らしい文明生活の中に身を置いたアイラは、満足して目を瞑ると、あっという間に眠りの世界へと引き込まれたのだった。

第二章

特製
カラフルベリーのココラータがけ

The exquisite gourmet life of
a hungry chef who goes with fluffy.

1

❶ 生活基盤を整えよう

翌朝目を覚ましたアイラが真っ先に思ったのは「お腹が空いた」だった。

ベッドから身を起こし、大きく伸びをする。

床の上のルインは、もふもふの腹を上にして眠りこけていた。燃える炎がそのまま固まったかのような尻尾が時折ピクピク動いて床の上を叩いている。

「もう食べられん……」などと言葉を発しており、さては昨日食べたドラゴンステーキの夢でも見ているなとアイラは推理した。

体を覆っていたシーツを剥ぎ取り、すっかり乾いている衣服を縄から取って身に着ける。それから髪の毛を高い位置でひとまとめにした。髪も服も石鹸のいい匂いがする。支度を整えたら、未だ眠り続けているルインの元にしゃがみ込み、巨体をゆさゆさと揺さぶった。

「ルイン、起きてー朝だよー」

「ぬああ……ステーキが、ステーキが追いかけてくる……もう食えん」

「ルインールインー」

「うおおお、もう許してくれ……！」

「ルイン！」

「ぬあっ⁉」

ルインのとんがった耳に口を近づけて大声で名前を呼んだところでようやく目を覚ましたルインは、全身をビクッとこわばらせた後にぐるんと体を半回転させ、床に四つ足をつき、身を低くしてから周囲を伺《うかが》った。

「何だ、敵か⁉　ここはどこだ⁉　ステーキは⁉　……ぬ、なんだ、アイラか」

寝ぼけているせいか一人でパニックを起こして周囲を見回したルインは、アイラが視界に入ったところでようやく落ち着きを取り戻したようだった。ゆっくりと上体を起こして座る。

「そうか、ここはニンゲンの都市の中だったな。ところでアイラ、腹が空いた」

「あたしもだよ。朝ごはんの前にギルドに行って、素材の鑑定が済んだかどうか確認しよう」

相変わらず金欠なので、まずはお金を手に入れなければならない。

身支度が済んでいるアイラと、身支度の必要のないルインは、部屋を出て冒険者ギルドへと向かった。

冒険者ギルドはすでに多くの冒険者でいっぱいで、活気に満ちていた。

果たして今が何時なのかわからなかったアイラは、ギルドにかかっている荒削りの木製の時計を見ると、すでに時間はとっくに朝を通り越している。かろうじて午前中ではあるが、久々に危機感を抱かなかったせいなのか、かなり寝ていたようだ。

冒険者の間を縫うように歩き、カウンターに近づく。アイラを見つけたギルド職員のブレッドがすぐさまやって来てくれた。

「おはようございます、アイラさん、ルインさん。鑑定が終わりましたが、早速代金について聞きますか？」

「うん、お願い！」

「わかりました」

ブレッドはアイラの返事を見越していたのだろう。手に持った長い羊皮紙をカウンターに置くと、内容を説明してくれる。

「鑑定内容は項目ごとに分かれているのですが、どれも非常に状態がいいと担当した職員が驚いていました」

縦に長い羊皮紙には、素材の項目ごとに何がいくらなのかが書かれていた。牙、爪、鱗、臓物、血液、皮膚、眼球、角など、正直アイラには相場がわからないので説明されてもさっぱりだが、ギルドにお任せしているのだからピンハネなどはしていないだろう。ダストクレストでは油断していると取り次ぎ料と称して凄まじい額を掠《かす》め取ろうとする人がいたが、ここではそういう心配はきっといらない、と思う。

「……締めて金貨千七百十二枚となります」

告げられた金額は、今までアイラが聞いたこともないような大金だった。

「わぁー、それだけあれば、しばらく遊んで暮らせるじゃん！」

「通常の都市であれば、そうですが……」

ブレッドはアイラの言葉に、眉間に皺《しわ》を寄せた。

「バベルは物価が他に比べてかなり高いので、千七百枚あってもそうそういい暮らしはできません」

衝撃的な話である。

普通、千七百枚もあれば、少なくとも数年は住むところにも食べるものにも着るものにも困らない。固まるアイラを前にブレッドが話を続ける。

「例えば、昨日アイラさんが利用した一時宿泊施設は、一日につき金貨一枚です」

「えぇ⁉　そ、そんなにするの⁉」

「他の都市ならば、同程度の部屋に銀貨五枚もあれば宿泊できるでしょうが、バベルではそういきません。他にも、たとえば飲み水は水差し一杯で銀貨一枚、ベーコンは銀貨五枚、黒パン一つで銀貨十枚です」

「た、高い……ダストクレストの十倍の値段がする……」

めまいがしたアイラは二、三歩後退《あとずさ》り、背後にいたルインに「しっかりしろ！」と支えられた。

「物流が不便なので、何をするにも高額になるんです。ここで暮らすには、一定の実力があって稼げなければなりません」

「実力がない人間はさっさと去れってことね」

「そうなりますね。まあ、ジャイアントドラゴンを倒す腕前があれば、十分快適な暮らしが送れるとは思いますが」

「ブレッドさんは、あたしたちの実力を微妙に買《か》い被《かぶ》ってるよ」

「そうですか？」

「うん」

アイラは神妙な面持ちで頷いた。

「確かにあたしたちはジャイアントドラゴンを一撃で倒したけど、あれはお腹が空きすぎて、早くお肉が食べたかったから実力以上の力が発揮できたんだよ。ね、ルイン」

「うむ。肉食べたさに、体が勝手に動いていた」

「いつも同じことができるかって聞かれたら、ちょっと難しいかな！」

アイラが朗らかに言うと、ブレッドが呆気《あっけ》に取られた顔をした。しかし気を取り直したらしく、少しズレた眼鏡を片手で押し上げてから咳払いをする。

「そ、そうでしたか……ですがまあ、今回倒したことには変わりありません。それではこれが、金貨です」

ブレッドがカウンターにどすんと金貨が詰まった袋を置く。

「冒険者登録もついでに済ませますか？」

「うん」

「かしこまりました。こちらに必要事項を記載していただけますか」

差し出された書類には、出身地や職業、名前などいくつかの項目があった。それらを埋めてから差し出すと、ブレッドが尋ねる。

「名字はありませんか？」

「ない。辺鄙な村出身だし、聞いたことないや」

「大体の方がそう言うのですが、フィルムディア大公様のご意志で、バベルに住む冒険者はすべからく名字が必要になっておりまして……何でもいいので名字をつけていただけないでしょうか」

「んー、何でも、ねぇ……」

「憧れている人の名前や、あるいはご自身に縁のある方の名前とかでもいいです」

アイラは羽根ペンで顎先を引っ掻きながらちょっと考えた。

憧れ、もしくは縁のある人の名前。そう言われると、一つしか浮かんでこない。アイラが名字の項目に「シーカー」と書くと、ブレッドはなぜか納得顔になった。

「あぁ、貴方《あなた》もシーカーですか。やはり有名ですからね」

「有名？」

「ええ。シーカーといえば、冒険者ギルドの創設者にして始まりの冒険者として有名でしょう。残している数々の功績も伝説として語り継がれていますし……名字を持たない冒険者は、大体がシーカーという名字にします。なのでシーカーという名字は随分たくさん聞きますよ」

「そうなんだ」

アイラはその始まりの冒険者とやらは知らないが、するとアイラが知っているシーカーも、その冒険者に憧れてシーカーという名前をつけたのだろうか。しかし彼の場合は名字ではなく名前がシーカーだったよねえと首を傾げる。

アイラがシーカーについてあれこれ考えている間にブレッドは素早く手続きを済ませてくれた。一度奥に引っ込み、再び戻って来た時には何かを手に持っていた。

ブレッドは一枚のカードをアイラの前に置く。そこにはアイラの名前が刻印されており、職業は料理人、そして二級冒険者と彫られていた。

「ジャイアントドラゴンを討伐する腕前から、二級冒険者登録となっています。一級に上がるには試験をクリアする必要があるのですが、受けますか？　一級になると待遇が変わり、例えばバベルの上階に住むことができたりしますが」

「んーん、いい」

アイラはカードを眺めつつ答えた。掌大の銀色に輝くカードは薄いのだが折り曲げられないほど硬く、しっかりしている。

「美味しいごはんが食べられればいいから、住まいはふつーの階に住めたら満足」

「そうですか。住居の説明も受けますか？」

「うん」

頷くとブレッドは、今度は住居の説明に移ってくれた。

「四十一から五十階の低家賃の居住区は水回りが共同になっていて、部屋は昨日泊まっていただいた、一般的な宿屋の個室程度の大きさです。家賃は最低価格でひと月に金貨三十枚。五十一から六十階も水回りは共同ですが、部屋はもう少し広めです。家賃は最低金貨五十枚から。六十一階から七十階の部屋は水回りも個別で、ひと月に金貨二百枚はかかります。最高ランクの七十一階以上は、一級冒険者のみが住むことができます」

「じゃあ、とりあえず低家賃の空いている部屋にしようかな」

「眺望などによって家賃が変わりますが」

「眺望？」

「バベルは四つの地域に面しているので、選ぶ部屋で景色が変わるんです。一番人気はパルマンティア海に面した部屋で、ひと月に金貨六十枚。一番不人気はギリワディ大森林に面した部屋です。大樹によって視界が阻まれ晴れていても先が見通せず、もし危険が迫っても察知できないせいですね」

確かに海や雪原や砂漠ならば見通しが良いので遠くまで見渡せ、飛行系魔物や大型魔物が近づいて来たらすぐに気がつくことができる。

それに海なら、あまりにも悪天候でないかぎりいい眺めだろう。陽の光が水面《みなも》に反射し、穏やかな波がさざめき、時折魚が跳ねる様を安全で快適な自室から眺めるのは気分がいいに違いない。少なくとも、薄暗い森の中に林立する苔むした大樹を見ているより気持ちが晴れやかになるのは確かだ。

ただ、ここでの物価や、部屋では寝起きするだけということを考えると、大金払って海に面した部屋に住まなくてもいいかなぁというのが本音だった。

幼少期の放浪生活や、ダストクレストでも生活環境が決していいとは言えなかったため、アイラはそんなに高水準の生活は求めていなかった。

キッチンや水回りは共同でも全く問題ないし、ルインと一緒に寝泊まりできる拠点が必要なだけで、あまり色々なものを求めていない。アイラは隣にいるルインに視線を落とした。

「ルイン、どう思う？」

「オレは寝られればそれでいい」

決まりだった。アイラはブレッドに向き直る。

「一番安い部屋でいいや」

「承知しました」

それから手続きを済ませ、前金でひと月分の家賃を払えば、あっという間に住むところが手に入った。受け取った人差し指ほどの長さのブロンズ製の鍵に部屋番号が記されている。

「ところでギルドでは、金銭の預かりも行っていますが、預けて行きますか？」

「そんなに色々やってくれるの？　銀行じゃないのに？」

アイラが驚いて尋ねた。ダストクレストでは金を誰かに預けようものならたちまち盗まれてもう二度と返ってこなくなるため銀行という概念はなかったのだが、魔物の素材換金などで他都市に赴いた時、そうした機関があるというのは知っていた。

ただ銀行は銀行で独立した機関だったため、冒険者ギルドで同様のことができるとは思ってもいなかった。

「っていうか、よくよく考えたら、宿泊や物件選びまでできるのって便利すぎじゃあ……？　冒険者ギルドって何でも屋さんなの？」

「一度に用件を済ませたいと考える冒険者の皆さんが多いので、ギルド内で大体の事務手続きが完結できるようにしてあるんです。もちろんこれはバベルだけの特殊事例で、普通の都市の冒険者ギルドは冒険者登録と依頼の受諾くらいしかできません」

「なるほどね……？」

「それもこれも全て、都市を治めるフィルムディア大公様の計らいです」

「大公様って、随分冒険者のことを知ってるんだね」

「ええ。何せ大公様ご自身も冒険者ですから」

「？？」

大公で冒険者、という二つの役柄がどうしてもイコールで結びつかずアイラは疑問符を浮かべまくる。

国を統べるお偉い様が、冒険者もやっているというのはどういうことだろう。

しかしこちらの疑問に構うことなく、ブレッドは預金の手続きをさっさと済ませると、話を続ける。

「冒険者カードで預金の引き出し等《など》もできますので、くれぐれもなくさないようにしてください」

「わかった、色々とありがとう」

「いえ、仕事ですので。また何かありましたらお気軽にお立ち寄りください」

笑顔のブレッドに見送られ、アイラは生活費のため金貨十枚だけを持ってギルドを後にする。

「じゃあ、お待ちかねの朝食タイムにしようか！」

「うむ！」

アイラとルインは階段を上って酒場に行った。昨日同様、人がたくさんいる。午前中からジョッキでエールを傾ける人が多いなか、アイラに目を留めた給仕係が愛想よく話しかけて来た。どう見てもまだ七歳くらいの女の子だった。オレンジ色の髪の毛をおさげにして、赤いワンピースの上からエプロンを締めている。クリッとした瞳は緑色で、風魔法が使えるのかな、とアイラは思った。

「いらっしゃいませ！　空いてる席にどうぞ！」

言われた通りに手近な席に腰掛けると、女の子がいそいそと尋ねてくる。

「今はまだ、モーニングセットの時間なんだけど……一食につき銀貨十五枚です」

「じゃあ、モーニングセットを七つ」

「はあい、かしこまりました！」

注文を受けた女の子は、アイラが支払った金貨を握りしめ、アイラにお釣りを返してから「お父さーん、モーニングセット七つ入ったよ！」と声を上げ、くるっと踵《きびす》を返して客席からも見える厨房《ちゅうぼう》に走り去って行った。どうやら酒場で働いている人の娘らしい。

待つこと十分ほど。女の子が器用にも七人前のモーニングセットを運んできた。

「お待たせしました、どうぞ！」

置かれた皿の上には、山盛りに料理が載っていた。

厚切りのトーストの上でたっぷり溶けたバター。

アイラの小指の第二関節くらいまでの厚さに切られたベーコン。

鶏の卵よりひとまわり大きい茶色い殻に包まれたゆで卵。

全体的にボリューム満点の料理を前に、アイラの胃が空腹に疼《うず》いた。

「「いただきます！」」

アイラとルインは同時に言い、同時に朝食にありついた。トーストに齧り付く。サクッといい音がして、口の中にバターが染み込んだ素朴なトーストの味わいが広がる。厚切りトーストは食べ応えがあって、それだけでご馳走だ。人の作ったごはんがおいしい。ルインはゆで卵を殻ごとバリバリ食べていた。

「美味しいねえ！」

「うむ。昨日の肉も美味かったが、こうして色々食えるのもいいな」

「昨日はお肉しか食べてないもんね。あぁー、トーストが香ばしくって美味しい……！　バターとの相性が抜群すぎる……久々に食べたよ、エネルギー源！」

「腹から全身に力がみなぎってくるようだな」

「ほんとに！」

アイラとルインが感動しながら食事をしていると、先ほどの女の子が興味津々で近づいて来た。

「お姉さんたち見たことない顔だけど、バベルは初めて？」

「うん、そうだよ。昨日来たばっかり」

「冒険者？　それとも商人さん？」

「一応冒険者登録はしたけど、本業は料理人」

アイラは卵の殻を剥いて、茹で卵にかじりつきながら言った。

「この卵、味が濃くって美味しいね。何の卵？」

「ペイングースだよ。三十五階で育てられてるの」

「へー、初めて聞く名前の鳥」

「元々はギリワディ大森林にいた魔物なんだけど、弱いし繁殖させやすいから、お父さんが捕まえて帰ってきて増やしたんだ。卵を産むときにね、すっごい痛そうな声を上げるから痛み《ペイン》の名前をつけたんだってお父さんが言ってた」

「じゃあ、お父さんも料理人で冒険者なの？」

「そう！　わたしも冒険者なのよ。ほら！」

女の子はエプロンについたポケットを探り、一枚のカードを見せた。アイラがもらったものとは違い、くすんだ土色のカードだった。そこには「七級冒険者　モカ・シーカー」と書かれている。

「名字、シーカーなんだ」

「うん、ここの子たちはほとんどシーカーって名字だよ」

モカはポケットにカードをしまいながら言った。

「あのね、わたしはバベルで生まれて育ったんだけど、五歳になったら冒険者登録しなくちゃいけなくて、それでお父さんと一緒にクロスグリの実を取りに行ったの。でも、お父さんはただの見張りで、ちゃんと自分で見つけて取って来たんだよ。だから立派に冒険者なの」

「へえ、本当にこの都市に住む人はみんな冒険者なんだ」

「うん、そうなの」

モカが頷くとオレンジ色のおさげが揺れる。

アイラがあっという間にモーニングセットを食べ尽くし、指についたバターを舐めていると、モカが太陽のような笑顔を向けながら空いた皿を下げる。

「今日もこれから、クロスグリの実を採りに行くんだ。じゃあね」

お皿を持って去っていくモカの後ろ姿を見送る。アイラは席を立った。ルインを伴い歩き出す。

「ねえルイン、今日これからなんだけどさぁ」

「うむ」

「モカちゃんのクロスグリの話を聞いていたら、甘いものが食べたくなった」

「うむ！」

隣をのしのし歩くルインの明るい瞳の中に、ボッと炎が燃えた気がした。

「オレもそう思っていたところだ。甘いもの！」

「だよね？　甘いもの食べたいよね？」

バベルまでの道中では、ゴア砂漠でダクテュロスを食べたが、もっと手の込んだ甘味を味わいたい。具体的には、デザートをこの手で作りたい。アイラは食べるのも好きだが料理も好きだ。

「よし……何かデザートに使えそうなものを探しに行こう！」

「うむ！　森か⁉」

「そう、森！」

そんなわけでアイラとルインは、再びギリワディ大森林に向かうという方向で話をまとめた。

2 甘いものが食べたい

甘いものを食べよう。

一口に甘いものと言っても、そこには色々な種類がある。甘味というのは奥が深い。

アイラはなんの勝算もなくギリワディ大森林に出てきたわけではなかった。

「モカちゃんがさ、クロスグリの実があるって言ってたじゃん？」

「そうだな」

「だからクロスグリの実を大量採取して、パイを作ろうと思うわけなのよ」

「なるほど」

冒険者ギルド酒場の給仕係モカが言うには、七級冒険者になる時にクロスグリの実を採取したとのことだった。当時五歳だったモカが採れるものなら、アイラにだってたやすく見つけられるだろう。

クロスグリの実は主に森に群生している。指でつまめるほど小さく、わずかに苦味のある黒く艶のある実で、使用用途は広い。ジャム、ゼリー、アイス、アルコールやリキュールにも使われる他、干して保存した物をクッキーやマドレーヌなどに混ぜたりもする。

とにかく汎用性が高いので、重宝する果実だった。

「いっぱい取ってジャムにしたりパイにしたりするんだ。ついでに魔物も狩ってくればまた素材を売ってお金にも換えられるし。繰り返せば、どんな魔物がどれくらいの価値があるかわかるようになるでしょ？」

「なるほどな」

「どうせ来たばっかりで時間はたくさんあるんだから、のんびりゆっくりやればいいよ」

アイラは森の極浅い部分を歩きながらそう言った。

おそらくギルドや酒場で情報を集めればもっと効率が良い方法を得られるのだろうが、今回アイラはあえてそうしたことをしなかった。

シーカーに育てられたアイラは、自分の足を動かし目で見て確かめる方を好む。慎重にやるより未知に飛び込んでいく方が好きだ。

冒険者に育てられた割には冒険者的な常識を知らないアイラは、シーカーと旅していた時やダストクレストでのやり方を踏襲し、とりあえず都市の外に飛び出して目当てのクロスグリの実を探しつつ、ついでに手当たり次第に魔物を狩ってお金に換えようと考えた。情報は収集する必要が出て来た時に集めればいい。今はその時ではない。

ギリワディ大森林は、相変わらず日中にもかかわらず薄暗い。しかし昨日とは違い、バベルが見える距離の森のほんの入り口付近を探索しているせいか、まだ少し光が差し込んでいた。光を吸収した苔や燐光スズランが淡い明かりを発していて、薄ぼんやりとした森の輪郭がアイラの右目から視界に入ってくる。

「ギギッ」「ギッ」

時折聞こえてくる威嚇的な鳴き声は、森に棲《す》む魔物のものだろう。森には昆虫型の魔物が多い。アイラが首を真上に向けると、そこには案の定、巨大なカマキリのような魔物がいて、昆虫特有の巨大な目をアイラに向け、しきりにガチガチと歯を鳴らしていた。アイラは眉を顰《ひそ》める。

「昆虫系の魔物は食べられないから、好きじゃない。気持ち悪いし」

右手の拳を軽くグーパーと握ったり開いたりしてから、天に掌を突き上げる。

魔力を収束、凝縮、解放。

爆音とともに水の塊が噴き上がり、周囲の木々の幹ほどもある太さの水柱が立ち上った。水柱はアイラの真上の木々の葉に直撃し、衝突、破裂する。枝葉を折って撒き散らし、水飛沫と共に落下し、一帯が水浸しになった。まるでこの辺りにだけ突発的で限定的な嵐が来たかのような有様だ。アイラは自分たちに被害が及ばないよう、同時に半球体の結界を展開した。

「ゲッ」「ゲェッ」

人間とは確実に異なる音を発しながら、ガサガサと蜘蛛《くも》の子を散らすように魔物が散り散りになる。満足したアイラは、右手を下ろす。

「要らない戦いを避けるためには、実力差を見せつけるのが一番だよね」

「圧倒的強者を前にすれば、本能的に魔物は逃げてゆくからな」

シーカーに教わった、無用な戦いを避ける方法だ。これで周辺の低レベルな魔物は寄ってこないだろう。

「とりあえずクロスグリの採取に全力を注ごう！」

「うむ、オレの鼻によると、クロスグリの匂いはもう少し奥から漂ってくる……」

ルインが鼻を利かせながらのしのしと歩く。しかしいくらも進まないうちに、後方の茂みがガサガサと音を立てた。また新たな魔物の出現か、あれほどの力を見せておきながら懲りないなぁ、と思いつつアイラが密かにファントムクリーバーの柄を握り攻撃態勢をとると、茂みからオレンジ色の髪がぴょこっと飛び出し、続いて赤いエプロンワンピースを着た女の子が現れた。

先ほどギルドの酒場にいた、給仕の女の子モカちゃんだ。なんだぁと思い警戒を解いたアイラに、モカはあどけない笑みを浮かべながら近づいて来た。腰にぶら下げた細長い瓶の隙間から、なんだかもくもくとした煙を立ち上らせている。

「すっごい強い魔法の気配がしたと思って来てみたら、さっきのお客さんだったんだ！」

「モカちゃんはクロスグリの実の採取？」

酒場での話を思い出し、アイラが問いかける。

「うん、そう。もうこんなに採れたんだよ」

モカは手にしているバスケットを広げて中身を見せてくれた。確かにそこには、小粒の黒い実が入っている。

「あっちで採取してたの」

「一人で？」

周囲に他の人間の気配がないことからそう尋ねると、モカはコクリと頷いた。

「うん。この辺りの魔物はあんまり強くないし、虫除《よ》けも獣避けも焚いてるから。それにもう

冒険者だから、一人で来るの」

なるほど、腰のもくもくしている煙は魔物避けの香だったのか。

モカは緑色の瞳を輝かせながらアイラを見つめ、言葉を続ける。

「ねえ、さっきの水柱、お姉さんの魔法だよね。すごいね！　強い冒険者さんだったんだ。何級なの？」

「二級だよ」

「えっ、二級!?　す、すごい。お姉さん、お名前は？」

「アイラ。こっちは火狐のルイン」

「へえ、アイラさんに、ルインさん！」

モカはクロスグリの入ったバスケットをもじもじと指でいじりながら、ちょっと小首を傾げた。

「アイラさん、今朝、料理人って言ってたよね。料理人ってことは、美味しかったり珍しい食材が好きだったりする？」

「大好き。っていうか、そういうものを探して食べるのに命をかけて生きてる」

即答したアイラに安心したのか、モカはバスケットを両手で強く握りしめながらアイラに言った。

「あのね、じゃあ、もしアイラさんとルインさんがよかったらなんだけど、すっごく美味しい果物が森の奥にあるんだけど、一緒に採りに行って欲しいなって。そこにはモフモって魔物がいて、わたし一人じゃあ敵《かな》わないんだけど、二級冒険者のアイラさんなら全然へっちゃらだから」

「どんな果物？」

「カラフルベリーって言って、ぶどうくらいの実がたくさん実る植物なんだけど、いろんな色があって、色ごとに味が微妙に違うの。甘いから砂糖を使わなくってもいいし、煮込んでジャムにして、パンにつけたりパイの具材にもピッタリなんだ」

モカの話を聞いたアイラは、カラフルベリーにがぜん興味が湧いた。

「パイにも⁉　実はあたし、甘いものが食べたくて仕方がなくって、今日はパイを作ろうと決めてたんだ。そのカラフルベリーの群生地まで案内してもらえない？」

「えっ、本当に、行ってくれるの？」

「行く行く。美味しいものがあると知れば、行かない手はない！」

アイラはモカを抱き上げてルインの上に乗せた。

「森の奥に行くなら、危ないからルインにしっかりしがみついててね」

「ありがとう。ルインさん、よろしくお願いします」

「構わん」

「じゃ、カラフルベリー採取に出発！」

アイラは元気よく声を上げ、モカの指示に従って歩き出す。

「モカちゃんはカラフルベリーの採取に行ったことあるの？」

「うん。前にお父さんと一緒に。モフモはいっぱいいるし、そこに行くまでにも他の魔物がいっぱいいたから危険なんだけど、勉強になるからって連れて行ってくれたの。バベルに住んでる以上、少しは危機にも慣れておいた方がいいって言われて」

「なるほどねぇ」

アイラは返事をしながら、さっそく襲いかかって来たバッタに似た大型昆虫魔物を返り討ちにした。森の深いところに行くにつれ魔物はだんだんと強さを増して来ていて、無傷で追い返すのは難しい。足の一本を焼け焦がして落としたバッタ型魔物が木の上に去っていくのを見つめつつ、アイラは警戒を怠らずにモカとの会話を続けていた。モカは二級冒険者と一緒なのですっかり安心しきっているのか、ルインの毛を触りながら「もしゃもしゃ！」と喜んでいる。

モカはポケットから取り出した方位磁石で時々方向を確かめながらアイラたちを案内した。

「カラフルベリーはギリワディ大森林の北東の方角に生えてるんだよ。昆虫型じゃなくて、毛の生えた獣型の魔物が出てくるようになったら近いんだ」

モカの言う通り、出没する魔物は獣型に変わりつつあった。猪《いのしし》っぽい魔物を軽くいなしつつ、猪鍋を食べたいなぁと考えながら、アイラはモカの案内に従って更に森の深くへと足を踏み入れた。

「あっ、いた。あれがモフモだよ」

「なるほど、あれがモフモね」

「丸っこいやつだな」

モカが木立の合間から離れた場所を指差して言うので、アイラとルインが相槌《あいづち》を打った。

モフモは、名前の通りになんかモフモフした球体状の魔物だった。個体によって色合いが違い、赤いのもいれば黄色いの、青いの、緑色のもいる。実にカラフルだ。フサフサの毛が全身を覆っており、どこに目があるのかわからない。それどころか手足も見当たらず、一本飛び出した長い毛の先に小さな丸い毛玉がついている以外、なんの特徴もない。上下左右に弾みながら移動する様子は毛むくじゃらのボールが跳ね回っているように見えた。

「そんな強そうに見えないけど」

「見た目はね！　でもすっごい凶暴で、縄張りに入った途端に攻撃してくるから気をつけて」

アイラはモフモが大量に跳ね回っている先に、カラフルな実が鈴なりになっている低木を見つけた。十中八九、あれがカラフルベリーに違いない。手に入れるためにはこの魔物がうじゃうじゃいる場所を通り抜けるほかなさそうだった。

「ちなみにモフモって、食べられる？」

「え？　ううん。ほとんどが毛の魔物だから食べられるところはないよ。あ、でも、毛皮は魔法耐性があるから、いい値段で売れるの」

「そっか。弱点知ってる？」

「ええっと、確か……あのアンテナみたいに飛び出してる毛玉を切っちゃうと気絶して大人しくなるって、お父さんが言ってた。けど、見た目より頑丈で、あの毛は実は鋼鉄みたいに硬いって、お父さんが……。切り飛ばすのは三級以上の冒険者で、職業が〈剣士〉とか〈斧使い〉とかじゃないと無理だって」

「よし……わかった。情報ありがとう。モカちゃんは危ないから、ルインと一緒にこの場所で待ってて」

「う、うん」

「気をつけろよ、アイラ」

アイラはモカとルインの返事を聞き、立ち上がると、軽く腕を伸ばしてストレッチをしてから茂みを出て、モフモの縄張りへと足を踏み出した。

途端、モフモたちの動きが止まった。飛び出した毛先の毛玉が震え、アイラの方を向いたかと思うと、全身の毛がハリネズミのように硬化して、魔力を纏った。示し合わせたかのように一斉にアイラに向かって飛びかかって来る。

「モフ！」

「モフフ‼」

殺到する毛むくじゃらの丸い魔物の群れは、それぞれが魔法を使っている。アイラは迫り来る毛玉たちを、水色の瞳で冷静に見つめた。

「個体によって属性が違う……毛の色と同じ属性魔法を使える？」

赤い毛のモフモは炎を纏い、青い毛のモフモは水を纏っている。緑色の毛のは周囲にかまいたちのようなものを発生させているし、茶色の毛は地面を隆起させながら迫っていた。

四色のカラフルな毛玉が、見た目からは想像がつかない強力な魔法を使いつつ、そしてモフモフという謎の叫び声を上げ、四方八方から迫ってくるのを眺めながら、アイラは右手に炎の魔法、左手に水の魔法を同時に展開した。

どちらの魔法も中級魔法だ。

炎の塊と水の塊がアイラの手の上で逆巻き渦を巻く。モフモが殺到する最中《さなか》、アイラは二つの魔法を融合した。

二つの魔法がぶつかった瞬間、水蒸気が発生した。

周囲はけぶる細かな水飛沫で一杯となり、一時的に視界が悪くなる。二属性を融合して発生させた霧は、魔力を伴い敵を撹乱《かくらん》する。アイラは靴のつま先で地を蹴って、高く跳躍した。

霧から飛び出したアイラには、霧の中で魔法が光るのが見えた。モフモが使用する魔法だ。燃えていたり水が跳ねたり風が空を切ったりと、非常に忙しない。カラフルな閃光《せんこう》が飛び交う中、アイラは腰のファントムクリーバーを抜いて構えた。炎の魔法で刀身を覆う。込める魔力を多めにして、炎耐性のあるモフモにも容易く防げないようにした。

地面に降り立つ直前にクリーバーを両手で握って戦闘態勢を整える。

霧によって目の前が見えず混乱するモフモ軍団に突っ込んでいったアイラは、その視界の悪さに構わず、まず手近にいる一匹の毛玉めがけてクリーバーを振るった。

ガキンッ、と金属同士がぶつかる音がする。

見た目はただの毛にしか見えないのに、当たった時の手応えの鈍さが凄まじい。まるで鋼鉄にぶつかったかのようだった。

だが、ドラゴンの逆鱗よりかは遥かに柔い。アイラは力任せにクリーバーを振り抜き、毛玉を斬り飛ばした。

「モフッ！」

モフモは高い鳴き声を上げ、動かなくなった。アイラは油断せず次々にモフモのアンテナ毛玉を切断していく。その度にモフモはモフモフ鳴き、力を失いその場にボテッと倒れた。

霧が晴れた時には、動いているモフモはほぼいなかった。

アイラが力任せに斬り飛ばした毛玉が転々と転がり、モフモ本体は目を×にして気絶している。まだやられていないモフモは、仲間たちの惨状を見て慌て、アイラを畏怖の目で見上げてから森の奥へと去って行った。アイラはファントムクリーバーを腰のベルトに納める。

「悪いねぇ、この世は弱肉強食なんだよ」

「アイラさん、すごーいっ！」

「さすが、手際が鮮やかだな」

茂みに隠れていたルインがモカを乗せたままこちらに近づいてくる。転がっているモフモの一匹に鼻を近づけ、フンフンと匂いを嗅いでいた。

「こやつら、あまり美味そうな匂いはしないな」

「ねえルイン、それよりもカラフルベリー！」

「おぉ」

アイラはモフモたちがぼふんぼふん跳ね回っていた空き地のさらに奥へと進む。

低木に鈴なりになったカラフルベリーのお目見えだ。

「これがカラフルベリー……！　確かにカラフル！」

「良い香りだな」

辺り一帯に漂う甘い果実の香りを大きく吸い込みながらルインが言った。

カラフルベリーはクロスグリよりも大きく、ちょうど葡萄くらいの大きさの果実だった。木ごとに色が違い、木自体にも色がある。赤、青、緑、茶色の木は根元で二股に分かれていて、絡み合って幹がねじれていた。木にはそれぞれ同色の葉が生え、実がついている。ねじれている枝にこれでもかとベリーが実っていた。ひとつ摘んでもぎり取ってみたところ、実は見た目よりずっしりと重かった。

「あのね、カラフルベリーは魔力を含んでいるから、食べるとちょっと魔力効果があがるの」

「あー、なるほど。だからモフモたちはあんなカラフルでそれぞれ違う魔法が使えるんだ」

「おそらくひとつのベリーを食べ続けて実の中の魔力を摂取し続けたんだろうな」

「じゃあ早速、このベリーをたくさん持って帰ろう！」

アイラはルインにくくりつけてあったルペナ袋を外して、ベリーを摘み取り入れ始めた。

「袋は全部で五つあるから、種類別にぎっしり入れておこうっと」

アイラがベリーを摘んでいる横で、モカも自分のバスケットの中に摘み取って入れていた。

ルインはベリーを摘み取るのに適した形の足をしていないので、首を伸ばして直接枝からベリーをむしり取り、ムシャムシャと食べ出していた。

「甘くて美味い」と言いながら食べるルインが羨ましくなり、アイラも一つ赤い実を摘み取って食べてみる。皮を食い破るとジュワッと果汁が弾け、少しだけ唐辛子のようなピリッとした辛みもあった。

隣の木に移動して青いのも食べてみる。こちらは赤いのよりも瑞々《みずみず》しく、水分を多量に含んでいる。こうなってくると、一通り試してみたい。

緑色のベリーは繊維が多めでルバーブのような食感と味わいだった。

茶色いベリーは一番熟していて甘みが強く、水分が少ない。

「アイラさんはどのベリーが好き？」

「赤いのと青いのかな」

モカに問われて、アイラはベリー摘みを再開しながら答えた。

「オレは断然、赤いのだ」

ルインは赤いベリーがなっている木に前足をかけ、集中的に赤いベリーをムシャムシャしている。ベリーだけでなく葉っぱまでもかじっている様子だった。

「わたしは緑のが好きなんだ。自分の属性魔法のベリーを好きになるらしいよ。酒場に来る冒険者さんにもカラフルベリーは大人気なの。美味しいし、食べると魔力効果が上がるから、ジャムにしてモーニングに出すとすっごく喜ばれるんだ」

モカはぱあっと輝くような笑顔を浮かべながら懸命にベリーを摘み取っていた。

「あたしも毎日赤と青のカラフルベリーを食べたら、もっと魔力上がるかなー。モフモみたいに」

「人間が毎日食べ続けると、中毒症状が出るからダメなんだって。消化しきれなくって気持ち悪くなるみたい」

「あ、そうなんだ？　残念」

「オレならばいいのではないか？」

「確かに、ルインは人間じゃないから大丈夫かもね」

「あの、ルインさんって……魔物？　わたし、喋る従魔って初めて見た……」

「ルインは魔物じゃなくて、火狐族っていう神獣の生き残りらしいよ」

「え、え、神獣？　って、何だろう？」

「さあ？　あたしにもよくわからない」

「オレにもよくわからん」

「？？？」

緑色の目をめいいっぱい見開き、おさげをぶらぶら揺らしながらモカは心底不思議そうにルインを見つめた。アイラにもルインの正体というのはよくわからない。ただ、乗せて走ってくれるし、荷物もたくさん持ってくれるし、アイラの料理を美味しいと言って食べてくれる良きパートナーなのでそれで十分だった。特に正体を確かめようなどと思ったことはない。

「モカちゃんは、バベルの周辺について詳しいの？」

「お父さんとか、冒険者さんたちが話してくれる範囲でなら……」

「森に美味しい食材って他にもある？」

「酒場でよく使ってるのは、ファングボアとかレッドホークのお肉かな。珍しいのだと、クレソンマイルって魔物のお肉も美味しいよ。それから、ゾウガエルのお肉も結構人気があるよ！魔蜂《まばち》が集めてるネムリバナの蜂蜜は安眠効果があるから、蜂蜜酒にして夜に飲む冒険者さんが多いの。ヴェルーナ湿地帯の近くには鬼胡桃《おにぐるみ》が生えてるけど、縄張りにしている魔物が手強《てごわ》いって聞いたことがあるかなあ」

「モカちゃん詳しいねえ」

「みんながいっぱい話してくれるから」

モカはカラフルベリーを摘みながら、照れたように、けど満更でもなさそうにはにかんだ。

二人でカラフルベリーを摘んでいたら、背後でモフモたちが目を覚ます気配がした。

一旦作業の手を中断して背後の空き地を振り返る。

ルインも赤いベリーの木から離れ、モフモの群れに近づいた。口の周りを赤いベリーで真っ赤にしながら睨《にら》みを利かせるルインを見て恐れをなしたのか、それとも先ほどアンテナを切断されたので戦意が喪失したのか、起きると「モフ」「モフフッ」と独特の声を上げながらモフモは去って行った。ルインはそんなモフモをじーっと見つめたかと思うと、まだ気絶している赤い毛のモフモに近寄り、バリバリと食べ始めた。

「美味しい？」

「いや。その娘が言った通り、毛ばかりで全く肉がない。食感も最悪だ」

口からぺっと毛を吐き出し、「口直しだ」と言って再び赤いカラフルベリーの木から実をかじり取ってムシャムシャし出した。

ポツポツと起きて逃げていくモフモの気配を背後に感じながら、小一時間ほどアイラとモカはせっせとカラフルベリーを摘み取った。持ってきていた袋五つと、モカのバスケットが満杯になったところでおしまいだ。

「終わったか？」

「うん。ルイン、口の周りが大変なことになってるよ」

赤と橙色が混じった神秘的な色の毛が、赤いベリーの果汁のせいでもつれて汚れてしまっている。乾き始めているところはガビガビになって不自然な感じに固まっていた。

「む」

ルインはアイラの指摘を受け、舌でべろりと口の周りを舐めとった。

「どうだ」

「うーん……帰ったらお風呂だね」

「何っ」

丸い大きな瞳をくわっと見開き、まだ気絶しているモフモを何匹か連れて帰って素材換金しようと企てるアイラの周囲に焦ったように付きまとい始めた。

「風呂はいやだぞ、風呂は‼」

「でもそんなベタベタした状態のままだと気持ち悪いじゃん」

「オレは気にしない！」

「あたしが気になるよ。虫とか寄ってくるかもしれないし」

「あのね、従魔用の洗い場がギルドの奥にあるんだよ」

「そうなの？　情報ありがとうモカちゃん。やっぱり人の話も聞いた方がいいね」

「おいっ、オレはいやだ！」

「顔まわりだけでもいいから洗おうよ」

ごねるルインにカラフルベリーがぎっしりと入った袋をひっかけ、ついでに気絶しているモフモも何匹かひっかけた。どうやら切ったアンテナの長さによって目覚めまでの時間が変わるらしい。起きたモフモたちはアンテナがすでに自動回復していたが、まだ寝ているのはそこまで伸びていない。運んでいる最中に目が覚めると厄介なので、もういちど根本からすっぱりアンテナ毛を切り落とし、それからモカをルインにまたがらせた。

「じゃあ、バベルに帰ろう！」

「おー！」

「うぬぬ、パイは食べたいが風呂はいやだ……！」

元気よく拳を突き上げるアイラとモカとは対照的に、ルインは心の中で葛藤しながらもバベルに向かって歩き出してくれた。

帰路も安心安全とはいかなかった。

地面の柔らかいバフバフした部分を踏み抜いたら、魔物のお腹だった。地面に擬態していた巨大な魔物がお昼寝中だったらしく、気持ちよく寝ていたところを踏んづけられて起こされ、怒り心頭の魔物に追いかけられる羽目になった。

「ギッシャエエエ!!」という雄叫びを上げる魔物は、モモンガの様な見た目で、モモンガの百億倍は凶暴だ。木々の間を自在に滑空しながら襲い来る魔物を見て、モカが言った。

「あの魔物っ、お肉が美味しいやつ!!」

この一言でやる気スイッチを押されたアイラは、逃げるのをやめて立ち向かうことにした。腰からファントムクリーバーを引き抜いて構え、魔物に突進していく。

「今日のおやつにミートパイ追加!!」

初めて相対した、対処方法がよくわからない魔物に向かってアイラは恐れず怯まず突っ込んだ。たぶん、力で押し勝てるだろう。美味しいお肉が目の前に飛んでいるならば、捕獲しない手はない。

アイラのファントムクリーバーは迫り来る巨大モモンガの首をとらえた。が、モモンガは紙のようにくしゃっと体を丸め、宙返りしてアイラの武器を器用に避けてしまった。

「!?　はやっ……」

ブワッと両手両足を広げて飛ぶ巨大モモンガ魔物は、げっ歯類特有の上下に生えた鋭利な歯でアイラの肉を噛みちぎろうと迫り来る。体勢の立て直しから迎撃までの時間が短い。右腕で顔をかばい防御結界を展開したが、ヒラッとまたもや紙切れのように飛んだモモンガは、防御の薄い太ももに齧り付いた。

「てっ!」

鋭い痛みが走ったが、アイラは怯まずモモンガの尻尾を掴む。引っ張ったところで引き剥がすのは不可能だろう。無理するとこちらの肉がこのまま食いちぎられてしまう。

アイラは左手でモモンガの尻尾を掴んだまま、右手に持ったファントムクリーバーを寸分違《たが》わずモモンガの首めがけて横に振った。確かな手応えと共に、胴体と頭がスッパリと離れた。

「アイラさん、大丈夫⁉」

「全然問題なし」

ルインの背中にまたがったまま近づいてきたモカに笑顔で応じる。ルインは、未だアイラの太ももに齧り付いたままの頭部を見てフンと鼻から息を吐いた。

「なかなか面白い動きをする魔物だったな」

「ちょっと油断しちゃった。モカちゃん、これ持っててくれる？」

「あ、はいっ」

切り離された胴体をモカに手渡し、アイラは両手でモモンガの顎をこじ開けた。細長い前歯がガッチリと食い込んでいて、アイラの太ももに青黒い痕がくっきりと残っている。

「あーあ、痣《あざ》になりそう」

「食いちぎられなかっただけマシだな」

「お肉ゲットできたし、まあ痣くらいならいっか」

モモンガの頭と胴体は、麻紐で縛ってルインの体にくくりつけた。

「思わぬお土産が増えたね」

「アイラさんって、本当に強いんだね！　わたしが見た中でも一番の冒険者さんかも」

「えぇ～、言い過ぎだよ。バベルの上の方にはもっとすごい冒険者だって住んでるんでしょ？」

「住んでるけど、そういう人たちはあんまり酒場には来ないんだ。上のほうの階にはお城みたいな素敵な空間が広がってて、そっちで食べたり飲んだりしてるんだって話だよ」

「へぇ、そうなんだ。バベル内も色々あるんだね」

「うん。だから、アイラさんはわたしが知ってる冒険者さんの中で一番すごい！」

アイラを見上げるモカの表情に既視感がある。これは、かつてのアイラがシーカーに向けていた眼差《まなざ》しと同じだ。無力だったアイラは、シーカーの使う魔法や魔物と勇ましく戦う姿が信じられなくて、今のモカのようにルインにまたがり憧れの目を向けるばかりだった。きっと今の自分は、あの頃より少しは成長したのだろう。

モカの頭に手を乗せて、オレンジ色の髪をくしゃっと撫《な》でると、モカは嬉《うれ》しそうに目を細めた。

「じゃ、今度こそ本当に帰ろっか！」

「うん！」

周囲を警戒しながらバベルに帰る。途中でやっぱり巨大モモンガ魔物に襲われて、追加で三匹ゲットした。そうしたら血の匂いに誘われて、昆虫型の魔物がいっぱいでてきたので、火魔法で威嚇したらあっという間に逃げて行った。

「ルインの背中、獲物でいっぱいだね」

「成果があるのはいいことだ」

「ルインさん、ごめんね、わたしまで乗っちゃってるから重いよね」

「モカは光苔よりも軽いから何も問題はない」

「ひ、光苔よりも……!?」

ルインの冗談を真に受けたモカは、そんなに軽いのかなぁと呟《つぶや》きながらもルインの背の上で揺られていた。

大量の収穫物を背中に載せて揺らしながら歩くルインと、その横を行くアイラ。

ようやくバベルが見えてきた頃には陽が傾き、聳《そび》え立つ塔は西日に照らされていた。

❸ 作ろう！　カラフルベリーのポットパイ

バベル内部に無事帰ってきた一行。冒険者ギルドまで魔法陣で転移すると、モカはルインの背からいそいそと降りてアイラとルインに向かってペコリとお辞儀をした。

「アイラさん、ルインさん、今日はどうもありがとう！」

「んーん。こっちこそ、色々と教えてもらえて助かっちゃった」

「またメシを食いに行く」

「うん、楽しみに待ってるから！」

じゃあ、と手を振ったモカはバスケットを手にしてギルドの奥にある階段めがけて走って行った。一つ上の階の酒場に行き、早速父親に採ってきたばかりのカラフルベリーを見せるに違いない。

「あたしたちも早く料理しないとね」

「うむ」

「でもその前に、他の材料も買いに行かないと。パイを作るから、色々と必要なものがあるし」

「うむぅ。早く食べたいのぅ」

「もうちょっと我慢我慢！　とりあえずモフモとモモンガもどきは、素材として渡しちゃおう」

アイラがカウンターに近づくと、ギルド職員の一人、すでにおなじみになりつつあるブレッドの姿があった。アイラは片手を上げて挨拶をしつつ、カウンターの上にどすんと気絶しているモフモとモモンガっぽい魔物のちょん切られた首を置く。

「こんにちは、ブレッドさん！　今日も素材持ってきたよ」

「こんにちは、アイラさん。精が出ますね」

「そりゃあもう、来たばっかりでどんな美味しい食材があるのかなーって、ウズウズしてるから！」

「モフモとウィトティントですね。鑑定結果が出るのは明日になりますので、また探索前にでもお立ち寄りください」

「わかった」

「ウィトティントの胴体部分はご自分で使用しますか？」

「肉が美味しいって聞いたから、肉だけね。毛皮はあとでまた売りに来るよ」

「承知しました。お待ちしています。ひとまずはお預かりした魔物の鑑定の方を進めます」

「うん、よろしく。そうだ、ちょっと聞きたいんだけど、この塔の中で小麦粉とバター、それから食器ってどこに売ってる？」

「食料品の類は全て十七階、雑貨は十八階にあります」

「そっか。ありがとう！」

アイラはブレッドに素材鑑定を頼むと、次にパイ生地を作るのに必要な小麦粉とバターを入手するべく、階段を下りて十七階へと向かった。

小麦粉には種類がある。ダストクレストでは、デア粉とアル粉と呼ばれていた。硬質小麦と軟質小麦で、この二つを混ぜないとパイ独特のサクッとした食感が作り出せない。

「売ってるといいなあ、デア粉とアル粉」

「うむ」

ルインと一緒にのしのしと食料品が売っているという十七階を歩いた。四本支柱で支えた天幕を張った簡易的なテントの下に品物を並べ、雑多に店がひしめいている。さながら外の市場のようだった。

アイラがチラチラ見て回ると、売っているのはおもに魔物の肉。たまに普通の家畜の肉がまざり、奥に行くほど加工された食品が売られているようだった。微妙に販売区域が決まっているらしく、曲がって次の通りに行くと野菜が売られている。アイラは足を止めて、カゴに詰め込まれて売られている、にんじんやじゃがいもの値札を見た。

「野菜の方がお肉より値段が高い」

「そりゃあ、姉ちゃん、当たり前だ。肉は冒険者が外からどんどん持ち込んでくれるが、野菜はバベル内で育てているモンがほとんどだからな」

「なるほど、そういう理由ね」

店の人の話を聞いてアイラは納得した。モカの話によるとバベル内で野菜なども栽培しているらしいが、確かに面積が限られているので作る量には限りがあるだろう。

「そうなると、小麦粉とバターもちょっと心配だなぁ」

アイラは通路を曲がって次の小道に入る。ここでは乳製品が売られていた。モカと変わらない年齢の男の子が、塊のバターを指差してアイラに愛想のいい笑みを向けてきた。

「お姉さん、センティコアの乳から作ったバターはどう？」

「ちょうだい」

「一塊で銀貨二十枚だよ」

アイラが支払うと、店員の男の子は少し黄色みがかったバターの塊を油紙で包んでアイラに手渡した。

「またきてくれよ！」という様は、完全に一人前の店員だ。

「ここでもセンティコアなんだな」

「みたいだね。ちがう動物の乳になると出来具合が変わってきちゃうからよかった」

センティコアはダストクレスト周辺の街でも飼われていた牛の一種だ。オスにはツノと牙が生えていて、メスには牙はない。黄色みがかった乳を出し、味わいとしては濃厚で、料理に使うとコクが出る。パイを作るときには欠かせない材料の一つだ。

市場を見て回った結果、デア粉とアル粉もあったので、材料全てを手に入れたアイラは上機嫌で十七階を後にして、次に十八階へと向かった。

十八階で買うものは、陶器の皿とマグカップ。

アイラはパイを作る時、パイ型なんて上等なものは使わない。そんな使用用途が限定されてしまうものをわざわざ買って置いておく気にはなれなかった。もっと汎用性の高いものが欲しい。

十八階は、十七階よりももっと雑多な雰囲気だった。天幕すらなく、敷物を敷いてそこに商品を並べているだけの、店とも呼べないような店ばかりだ。その様子はさながらバザーのようだった。アイラは店を眺めつつ目当てのものがないかと探す。

「ちょっと深めの平皿で、汁物を入れても大丈夫な感じのお皿が欲しいな」

「お姉さん、お目が高いね。それならわたしが作ったこのお皿はどうかな⁉」

アイラが市場を見て回っていたら、そんな風に唐突に声をかけられた。声をかけてきたのは、やはりモカと同じくらいの年齢の女の子だ。敷物の上に素焼きの皿をうずたかく積み上げており、あんまり積み上げすぎて上の方がグラグラ危なっかしく揺れていた。

「磁器土を使ったから、こんなに綺麗な白いお皿だよ。銀貨一枚でいいよ！」

「へえ、君が作ったの？」

「そう！」

女の子が胸を張って少し威張った。アイラはしゃがんでお皿の一枚を手に取り、しげしげと眺める。少し歪んではいるものの、おおよそ七、八歳の子が作ったとは思えないほど完成度の高い品だ。隣に置いてあるマグも、取手が少々歪《いびつ》だったが、飲み口が広めで使いやすそうな形をしていた。アイラが商品に興味を持ったせいか、女の子は敷物から身を乗り出して力説した。

「どれも自信作だよ。こないだ酒場に十個納品したんだけど、出来がどんどん良くなってるって褒められたんだ。手先が器用だから、もう少ししたら魔導具作りも出来るだろうって！」

アイラはマグから女の子に視線を移す。キラキラした瞳でこちらを見ている女の子の、嘘偽りのない本音の言葉。アイラはにっと笑ってから手にしたマグを高々と掲げた。

「お皿を十個、マグを二個もらえる？」

「はいっ！」

女の子はアイラの言葉を聞いて、急いで積み上がっている皿を取るべく立ち上がった。

その後はついでに替えの下着やら服やらタオルやらを買った。特になんの魔力付与もされていないただの布で作られた服とタオルなのに、銀貨十枚からとやたらに高かった。

「普通なら銅貨二十枚くらいの品だけどなぁ」とアイラが唇を尖らせて言うと、

「ここじゃあ普通の品も貴重品なのさ」と売り子をしていた八歳くらいの男の子がわけ知り顔で言っていた。

「まあ、しょうがない。買えただけありがたいと思わないとね」

そう自分を納得させながら、購入したものをルペナ袋に詰め込んだ。

「大収穫、大収穫」

「全部あってよかったな」

「ほんとに！」

アイラは十枚の皿の上にマグを二つ載せ、絶妙なバランスを取りながら四十一階の共同キッチンに向かっていた。バターと小麦粉はルインに持ってもらっている。ルインの腹の脇には未だカラフルベリーとウィトティントというモモンガ似の魔物の胴体、そして雑貨類がぶら下がっているため、大荷物になっていた。早く下ろしてあげなければ。

まだ把握しきれていないバベル内で、どうにかこうにか転移魔法陣を乗り継いで四十一階までやってきた。

「もうすっかり夜になっちゃったねー」

「腹が減ったな」

並んでキッチンに入ると、そこではすでに他の冒険者たちが夕食を取っていた。だだっ広い黄土色の空間に適当に配置されている長テーブルに座り、わいわいがやがやと食器がぶつかる音と会話が聞こえてくる。

「あ、アイラさん」

「あぁ、石匣の手のみんな、お揃いなのね」

アイラが手に持った皿の間から顔を覗かせると、そこには昨日出会ったエマーベル、ノルデイッシュ、シェリーの三名の姿があった。

「これから何か作るんですか？」

「うん、そう。パイをね」

「へえええ」

「石匣の手のみんなは、何食べてるの？」

「今日は廃鶏《はいけい》の肉を」

エマーベルが見せてくれたのは、パンの上に焼いた肉を載せた簡単な夕食だった。廃鶏は産卵期間を終えた鶏のことで、その肉はおせじにも美味いとは言えない。視線を受けたノルディッシュが肩をすくめた。

「昨日、クルトンの治療代でほとんど金を使い果たしちまったから、あんまり贅沢してる余裕がないんだ」

「まあ、手持ちの金額で治療が受けられただけマシだと思いましょう」

「死ななくってよかったよねぇ～」

焼いた廃鶏をパンに載せてムシャムシャしながら、石匣の手のメンバーは言う。アイラは、何かを食べている人たちを見て、そしてキッチン中に漂っている美味しそうな食べ物の匂いを嗅いで、無性にお腹が空いた。

「よし、あたしたちもはやいところ夕食にしないと」

「うむ」

「ルインは休んでていいよ。荷物とモカちゃん乗せてくれてありがと」

「なんの。お安い御用だ」

全ての荷物を取り去ると、ルインは前足を伸ばしてぐぐっと伸びをしてからあくびをする。あくびとともに小さな火の玉をぽっと吐き出すと、その場に伏せてくつろぎ出した。炎のような尻尾が床に投げ出され、ふわふわしている。

アイラはキッチンに向き合い、よしっと気合を入れた。

パイを作ろう。だがしかし、肉の処理を先にしてしまおう。

アイラはウィトティントの解体処理からはじめることにした。

ウィトティントは、鱗がない分ドラゴンよりも解体が簡単だ。血抜き、皮剥ぎ、筋切り、骨取りなど各種の工程を終わらせて、ミートパイにするために肉をミンチにした。あまり細かくしすぎると粘り気がでそうだし、肉の食感を残したいので少し大きめの塊も残しておく。

先に肉だけ炒めておこうと、共同キッチンに備え付けられているフライパンを熱してそこに肉を投入した。肉が煙をもくもくあげながら、香ばしい匂いを発して焼けていく。

「くうう、お腹すいたー」

アイラは焼けた肉に塩をふりつつ呟いた。丸一日動いた後なので、お腹ペッコペコだ。

「あああ、早く食べたいよー」

独り言を言いながらも、美味しいパイを食べるためには自分が頑張るしかない。頑張れ、あたし。このために今日一日頑張ってきたんだと言い聞かせる。背後ではルインの規則正しい寝息が聞こえてきた。

食事を終えた人々が、遠巻きにアイラを見つめる視線を感じる。昨日派手にドラゴンステーキを焼いて食べたので、今日は何を作るのかと興味があるに違いない。アイラはそうした好奇の目を気にせずに、黙々と料理に没頭した。とにかくごはんを食べなければ。

「よし、お肉が焼けたから次はパイ生地を作ろっと」

肉をフライパンにいれたままにしておき、お次はパイ生地作りだ。

パイ生地は、そんなに難しくない。

デア粉とアル粉を同量ボウルに入れ、ここに角切りにしたバターを投入。ある程度形になるまで混ぜたら、次は冷水を入れる。

「冷水、冷水っと。ウォーターフロック！」

アイラは掌に水を生み出す。この時、ただの水ではなく、ひんやりした水を生み出すように注意しなければならない。この微妙な温度調整が難しい。失敗すると氷入りの水が出来上がってしまうし、加減が弱すぎると常温の水が生み出される。

掌に溢れたのは、まるで山の湧水を汲《く》んできたかのようなひんやりと刺すような冷たさの水。

「よし、完璧！」

パイ生地作りは量るのが大事だ。水をきっちり量り、ボウルに入れて、手でぐいぐい捏ねて生地をひとまとめにする。キッチンにはかりがあって良かった。ムラなく均等に混ぜたら、デア粉を打ち粉にして、生地をめん棒で伸ばす。伸ばしたら生地を三つ折りにする。

この伸ばす↓三つ折りにする、の工程を五回くらい繰り返す。

「パイ生地、完成〜。次はジャム作りだね！」

アイラは出来上がったパイ生地を脇にどけ、カラフルベリーがぎっしり詰まった袋を取り出した。周囲からおお、とどよめきの声が上がり、食事を終えてアイラの調理を眺めていた石匣の手のメンバーの一人、シェリーが声を上げた。

「すごい、こんなにたくさんのカラフルベリーがあるなんてぇ！」

「モフモは複数の魔法属性攻撃をしてくるから防ぐのが大変なのに……」

「一帯のモフモを全滅させるくらいじゃないと、こんなにたくさん取ってこられないぜ」

「そう？　あのアンテナ、意外に簡単に切断できたよ」

赤いカラフルベリーをどんどん鍋に投入していくアイラに、ノルディッシュが言い募る。

「並の剣だと無理だろ。魔法剣を使うにしても、同属性のモフモを相手にするときは苦労する」

「まあ、ジャイアントドラゴンに比べれば軟らかったし、いけるいける」

「さすがジャイアントドラゴンを討伐した冒険者は格が違う……」

「あたしの本業は料理人なんだけどね」

ノルディッシュの言葉にアイラが軽く訂正をいれると、石匣の手のメンバー三人は揃って首を傾げた。

「料理人……ですか？」

「うん、そう」

「どうりでお料理が上手だと思いましたぁ……」

シェリーの目はアイラの手元に釘付けだ。

「えへへー。作るのも食べるのもどっちも好きなんだ」

「ちなみに冒険者のランクは何級なんだ？」

ノルディッシュに対してアイラは二本指を突きつけた。

「二級！」

「に……二級……！」

絶句する、三人の冒険者たち。

「格が違いますね……」

「今日冒険者カードもらったばっかりで、なりたてだけどね！」

「え……一体どういうことですか？」

エマーベルが心底理解出来なそうな困惑顔を浮かべていたが、アイラは笑みを返すだけで詳細は話さなかった。説明が若干面倒だったというのもある。

石匣の手のメンバーと会話をしながらも料理をする手によどみはない。

ジャムは保存が利くので大量に作っておきたい。鍋いっぱいに赤いベリーが入ったら、火にかけて煮込む。砂糖なしでも十分甘いので、このままジャムにしてしまおう。

鍋底が焦げ付かないように木ベラで掻き回しながら、注意深く慎重に溶けてゆく真っ赤なベリーを見守った。それにしてもいい匂い。甘い香りが鼻腔をくすぐり、先ほど食べた少しピリッとした赤いカラフルベリーの味が思い出され、空腹に疼く胃にますます刺激をもたらした。ああ、お腹すいた、早く食べたい。

ぐつぐつぐつぐつ煮込んでいたら、皮も繊維も溶け出して、とろっとしたジャムが出来上がる。これでやっと具材の準備は完了だ。

十枚の皿と、ついでにマグも並べて、ここに先ほど作ったひき肉とカラフルベリーのジャムをたっぷりと入れた。

「よし、あとは、上からパイ生地を載せれば……準備オッケー！」

アイラは丁寧に皿とマグの上にパイ生地を載せ、はみ出した部分は皿にぺたりとくっつけた。

アイラが作り上げた手の込んだ料理を見て、周囲の人々がおぉ、と感嘆の声を漏らす。シェリーが口の端から涎を垂らしながらアイラに問いかけてきた。

「そ、それで完成ですかぁ!?」

「んーん。オーブンで焼いてパイ生地をこんがりしっとりさせたら出来上がり！」

パイ生地がオーブンの中でこんがり焼きあがる様を想像しながらアイラが答える。ジリジリ熱せられたオーブンの中でじっくり焼けてふくらむパイ生地、熱々の具材。空きっ腹にこれほどのご馳走はないだろう。

アイラは間も無く自分の口に入るパイの味を空想しつつ、お皿を手にした。

「さあ、オーブンで焼こう！」

しかしここでおずおずとエマーベルが手を挙げた。

「あ、非常に申し上げにくいんですが、低層階の居住区には、オーブンがありません」

「えー⁉」

エマーベルの言葉をアイラは信じなかった。

「う……嘘だぁ！　信じないよ！　オーブンがないなんて‼　だって、ダストクレストにすらあったんだよ⁉　ここにないわけないじゃん‼」

アイラは手に未完成のパイを持ったまま、キッチン中をうろうろした。オーブンというのは箱型の魔導具で、内部に熱を発する魔石が仕込まれている。スイッチを入れるとその熱で中に入れた料理が焼けるという寸法だ。似たようなものがないかと、目を皿のようにしてくまなく探したが、なかった。エマーベルの言う通り、四十一階にはないと考えるしかない。

アイラはパイ皿を持ったまま、膝からくずおれた。悲壮感に満ち満ちていた。その様子を見た石匣の手のメンバーが哀れに思ったのか、同情に満ちた声を発した。

「あの……アイラさん……僕たちのパン食べますか？」

「ジャム載っけたら、美味しいんじゃないかなぁ」

慰めの言葉をかけてくれるエマーベルとシェリー。しかしアイラは顔を上げ、キッパリ言う。

「ありがとう。でも、あたしはどうしてもパイが食べたいの」

「ですが……オーブン、ありませんが」

「ここにないならっ。ある場所に行けばいい!!」

アイラは起き上がると未完成の十枚のパイ皿とマグを積み重ね、転移魔法陣に突撃した。二十一階の冒険者ギルド内を、一体何事かと訝《いぶか》る人々を無視して突っ切って疾走し、階段を上って酒場に踏み込んだ。

夜も更けた頃合いで、酒場には料理片手に酒を楽しむ人々がたくさんいた。そうした人々に構わず、アイラは奥の厨房めがけて一直線に走った。揺れるパイ皿をバランスを崩さず運べているのは、ひとえにアイラの抜群のバランス力の賜物《たまもの》である。

そうして酒場の客席から見える厨房に近づいたアイラは、パイ皿でできた塔から顔をひょいと出し、賑わいを見せる酒場内の喧騒《けんそう》に負けないよう大声を出した。

「ごめんなんだけど、オーブン貸してもらえないかな!?」

厨房で料理を作っている人々がこちらを見、今しがた厨房に注文を通そうとしていた赤いエプロンワンピースの女の子がアイラを見て緑色の瞳を丸くした。

「あっ、アイラさんだぁ！　お父さん。この人が今日カラフルベリー採取をしてくれたアイラさんだよ」

「あぁ、君がアイラさんか」

厨房で働いていた一人の男が調理の手を止めてアイラに近づいてくる。ひょろっと背が高く、手足も長い。茶色い髪に白髪が交じっていて、瞳は青。顔立ちはどこをどう見てもモカとは似ても似つかなかった。

「親切な冒険者さんがカラフルベリーを一緒に採取してくれたと、モカが教えてくれたんだ。おかげで明日の朝にはカラフルベリーのジャムが出せる。で、一体どうしたのかな？　オーブンがどうとか言っていたけど」

「実はパイを作ったんだけど、低層階の居住区にはオーブンがなくって困ってて。酒場ならオーブンの一つや二つ、あるよね？　焼けたらすぐに出ていくから、ちょっとの間貸してもらえないかな」

「なるほど。モカに付き添ってカラフルベリーを採ってきてくれたお礼だ。使ってくれ」

「ありがとう！」

アイラはモカの父の人のよさに感謝しつつ厨房に入った。三十人超が立ち働く酒場は、戦場のように騒がしく慌ただしい。そこら中で材料を刻み、鍋を掻き回し、フライパンで具材を炒める音がした。誰かにぶつからないように気をつけながらアイラはモカの父について行き、やがて黒い大きな箱型のオーブンが並ぶ一角に導かれた。

「このオーブンを使ってくれ」

「うん」

アイラは早速オーブンを開け、中に持参した皿を並べた。オーブンは大型で奥行きがあり、十皿とマグ二つ全部入れてもまだ余裕がある。スイッチのツマミを握って火力と焼き時刻を設定すれば、とたんにブーンと動き出した。

ダストクレストにあったやつはものすごいポンコツで、しょっちゅう火力が変わるし勝手にスイッチが切れてしまうしで見張っていないととんでもないことになったのだが、このオーブンは違う。突然爆発したり煙を吐き出したりせず、一定の温度で穏やかに動いている。大変ありがたいことだ。

安定した動きで稼働するオーブンにそこまで気を払う必要がなさそうだったので、アイラは周囲をキョロキョロした。

「お父さん、四番卓にエール五つとホロホロ鳥のロースト三つ！」

「お父さん、七番テーブルに魚のフリットを七皿！」

「こっちはシーサーペントの干したやつを十五個だよ、お父さん！」

「………？」

妙に思い、アイラは首を傾げた。

給仕をしているのは、モカと同じか少し年上くらいの少年少女ばかりだった。皆が皆、厨房に来て「お父さん」と呼んでいるのは、モカの父だ。モカの父は厨房を取り仕切っているらしく、細い腕を動かして次々に子供たちが差し出してくる注文表を受け取り、料理人たちに指示を飛ばしている。

どの子供たちも、顔形がバラバラで似通った点がない。

そのうちジリリリと音を立ててオーブンがパイの焼き上がりを告げたので、アイラは取っ手を引っ張って扉を開けた。熱気がアイラの頬を撫で、髪をなぶる。同時に焼き上がったパイのなんとも言えない香ばしい香りが押し寄せた。アイラはいそいそと借りたミトンをはめてオーブンからパイを取り出した。

忙しそうにしながらも料理人たちがアイラの作った料理に興味を示し、こちらに視線を送っているのを感じた。モカの父もその一人で、アイラの作ったパイを覗き込んできた。

「できたかい？」

「うん、ばっちり」

「変わった形のパイだね」

「へへへー、ポットパイだよ！　パイ型を使わないし、このまま食べられるし、いいでしょ」

「確かに便利そうだな……作り方は？」

「お皿に具材を敷き詰めて、上にパイ生地を被せてオーブンに入れるだけ」

「簡単でいいな。明日のメニューに取り入れよう」

「どうぞどうぞ」

「テーブルが必要だったら、ちょうど空いたところを使ってくれ。ついでに何か注文してくれるとありがたい」

アイラは笑って、モカの父に顔を向けた。

「ありがと。じゃあ、お言葉に甘えて使わせてもらおっかな。注文は、蜂蜜酒をジョッキで二つ！」

「承知した、あとで子供たちに持って行かせるよ」

アイラは焼き上がった大量のポットパイをテーブルに所狭しと並べ、ルインを呼ぶべく上階の共同キッチンへと戻った。

共同キッチンの一角で豪快に眠るルインの姿が目に飛び込んでくる。

アイラがパイを作っている間に本格的に眠ってしまったらしく、床の上でお腹を上にしてぐーぐーといびきをかいていた。キッチンを使う冒険者がルインをやや畏怖の目で見ていて、遠巻きにしている。アイラを見た一人の冒険者が苦言を呈した。

「おう、この従魔、嬢ちゃんのだろ？　置き去りにしたらあぶねえだろ」

「ごめんごめん」

この場合の危ないは、「もし従魔が暴れ出したら危ない」という意味だろう。

ルインは賢いので暴れることなどないのだが、一般の冒険者からすれば大型の従魔が放置されているというのは危険に見えるに違いない。

素直に謝ったアイラは、次からはルインには部屋で寝ていてもらおうと決め、とりあえず起こしにかかる。

ところでルインは、寝起きが悪い。野営などでは眠りが浅いため少しの物音や気配ですぐに目覚めるのだが、熟睡しているとなかなか起きないので起こすのに一苦労する。今回もそうだった。

「ルイン、起きて！　夕食できたよ！」

「うぬ……」

「ポットパイだよ、アツアツなうちに食べようよ！」

「ポット……パイ……」

「そうだよ。ひき肉たっぷりなボリューミーなやつと、ジャムがたくさん入った甘いやつ！」

この言葉で覚醒したらしいルインの目がくわっと見開かれる。

「腹が……腹が減った！」

「うん。ごはん食べに行こっか」

「うむ」

直前まで爆睡していたとは思えない素早さで身を翻したルインは、尻尾を一度打ち振って、さっさと共同キッチンから出るべく歩き出した。

酒場は大盛況の超満員だった。従魔連れは珍しいのか、ルインにチラチラと好奇の目が向けられている。そんな視線をものともせずにルインの目はポットパイを探して忙しなく動いていた。

「どのテーブルだ？」

「あの一番奥のテーブル」

アイラが指差したのは、先ほどポットパイを並べたテーブルだ。酒場の誰かが気を利かせてくれたらしく、冷めないように布巾がかけられている。

ルインが早足でそのテーブルに近づくと、布巾越しに匂いを嗅いだ。

「おぉ……肉のニオイと甘いニオイがする」

アイラは布巾に手をかけて、取り去った。

「じゃじゃーん！　名付けて『ウィトティントのミートパイ』と『カラフルベリーのポットパイ』だよ！」

出てきたのは、こんがりときつね色に焼けているパイたち。

まだ湯気が立ち昇っており、焼きたて特有の香ばしい香りがアイラの鼻腔をくすぐった。

「さすがアイラだ。オレが寝ている間に、こんなに美味そうなものを作るとは」

「えへへー、でしょでしょ？」

「くぅぅ、腹の虫がますます騒いでいる」

アイラはルインが食べやすいよう、ポットパイを床に並べる。

お待ちかねの夕食タイムだ。

アイラの片方しか見えない水色の目と、ルインの丸い赤い目が、パイを見つめてキラキラ輝いている。

「いただきまーす!!」

まずは、今日のメインと決めていたカラフルベリーのポットパイから。

スプーンを握りしめ、ポットパイのぷっくり膨らむパイ生地にぐさっと刺した。

軽い感触の後にさっくりパイが割れ、中身がフワッと湯気を立てる。つやつや輝く赤いベリーがパイの間から顔を覗かせ、煮込んだ果実の甘やかな香りが鼻をくすぐった。

「ふあぁぁ……」

「ふおおおぉ」

アイラとルインは食べる前にまずパイから立ち上る香りを思いっきり吸い込み、その甘い香りをめいいっぱい堪能した。焼きたてのパイとベリージャムの香りが混じり合い、ずっと嗅いでいたくなる幸せな香りだった。

食は五感で楽しむべき。

早く食べたい気持ちがありつつも、まずは香りを堪能する。ルインも同じ気持ちらしい。

「めっっちゃくちゃいい匂い……！」

「パイを崩すとダイレクトにニオイが伝わってきていいな……！」

ジャムとなったカラフルベリーの甘い香りを思う存分堪能した後は、おまちかねの食事タイムだ。

崩したパイ生地とベリージャムを一緒にすくって口に運ぶ。

「！」

アイラの口の中で甘みがはじけた。

煮込んだことで甘さを増した赤いベリーは、生の時に食べた辛味が消え去っている。そして胃の中から全身をぽかぽか温めてくれた。

アイラが空腹を我慢してせっせと作り上げたパイ生地は、焼きたて特有のサクサク、パリパリ食感で、ふんだんに使ったバターの味が利いている。

久しぶりに手の込んだお菓子。

久しぶりの、デザート。

「……おいしいいい!!」

「うむ！　うまいな！」

アイラとルインは夢中でパイを食べた。貪った。

自分で作ったパイ、すごく美味しい。あたし、料理の天才じゃない？　と思った。

あっという間にカラフルベリーのポットパイを一つ、平らげてしまう。

「次はミートパイ……！」

「ミートパイ美味いぞ」

「もう食べてるの⁉」

見てみると、ルインはすでにカラフルベリーのポットパイを二つ食べ終え、そしてウィトテイントのミートパイを食べていた。早い。

「あたしも！」

別に競う必要はないのだが、アイラも早く食べてみたいので急いでミートパイに着手する。

さっくりとしたパイの手応え。

顔を覗かせる、ミンチになった肉。

肉とパイ生地どちらもスプーンに載るように工夫してすくいあげ、大きく口を開けて放り込む。

肉汁が溢れ出し、丁寧にミンチにした肉がほろほろと口の中で崩れる。

ウィトティントとかいう巨大モモンガ魔物の肉は臭みがなく、味付けが塩のみとは思えないほど深い味わいだった。

パイ生地との相性もいい。

甘さを控えめに作ったおかげで、おかず系の具材と抜群にマッチしている。

アイラはジーンとした。

「……生きてて、よかった……！」

大袈裟にも思えるアイラの言葉に、ルインがパイをガツガツ食べながら「うむ、本当だな」と返事をしてくれた。

「アイラさん、はい、蜂蜜酒どうぞ！」

「ありがとう、モカちゃん」

アイラとルインが美味い美味いとひたすら料理を貪っていると、モカが蜂蜜酒を持ってきてくれた。

スプーンを置いてぐびっとグラスを傾ける。

アルコールにとろりと蜂蜜の甘みが溶け合って、非常にパイにマッチした。

美味しい。

ルインなど、ジョッキに頭を突っ込んでフガフガと飲み干していた。

モカは給仕のあとすぐにテーブルから離れず、アイラの食べている料理を興味深そうに見つめていた。

「これ、アイラさんが作ったの？　どんなお料理？」

「そうだよ。ウィトティントのミートパイと、カラフルベリーのポットパイ」

「美味しそう……初めて見る料理だぁ」

「酒場ではパイ、作らないの？」

「んー、見たことない」

モカの目はじーっとパイに注がれていた。

「食べる？」

「えっ……」

「一口どうぞ」

アイラがスプーンにパイとベリーをすくって差し出すと、モカはものすごく物欲しそうにスプーンを見つめていた。しかし口を開いてパイを食べることはしない。ぐっと何かを堪えるように耐えてから、非常に苦労して視線をパイからそらした。

「……お仕事中に、つまみ食いしちゃダメって言われてるんだっ」

それから無理に笑顔を作り、「ごゆっくりどうぞ！」と言って酒場の奥に消えていった。

「行っちゃった」

「食べれば良いのにな」

「うん」

アイラは差し出したままの格好になっているスプーンを自分の口に持っていき、それから酒場を見回した。

給仕で働いているのは、やはり十歳以下の子供たちばかりだった。料理の大皿やエールがなみなみと注がれたジョッキが載ったトレーを落とさないように気をつけて運び、テーブルの間をこまごまと動いて働いている。誰も彼もが忙しそうで、そして厨房に行っては「お父さん！」とモカの父を呼んでいた。その姿を見てアイラは、ひとつ納得したことがある。

「あー、なるほどね……」

「何がなるほどなのだ？」

「んん？　なんでもないよ、こっちの話」

不思議そうな顔をして覗き込むルインに笑顔を向け、アイラは残るパイを堪能した。

気がつけば酒場に、相当長居していた。

「アイラさん、蜂蜜酒のおかわりはどう？」「ツマミに魚のフライは？　今朝パルマンティア海から揚がったばかりのとれたてだよ！」「デザートにセンティコアのミルクで作ったアイスは？」などと言われ、片っ端から食べてしまったのが原因だ。

「あー、もう無理。もうベリー一粒さえ入らない」

「オレもだ……」

若干気持ち悪くなるくらい食べたアイラがテーブルに突っ伏しながら言うと、ルインも同意した。もはや酒場に人気《ひとけ》は少なく、給仕をしている子供たちは空いた皿を下げて片付けに入っている。

アイラも部屋に戻らなくてはとは思うのだが、腹が重すぎてまだ動けそうになかった。あと満腹すぎて動くのが面倒だった。

ルインも同じらしく、この場で眠ろうと前足に頭を乗せて目を瞑り始める。

そういえばルインの顔、洗いそびれたなぁとアイラは満腹で鈍い頭でぼんやりと思った。

明日の朝、起きたら洗おう。蜂蜜酒に顔からつっこんでいたし、もうこれは洗わないとダメなやつだ。

そんな風に取り止めもなく考えていたら、アイラの視界に二本の足が飛び込んできた。ほっぺたをテーブルにべちゃっと押しつけたままの姿勢で視線を下から上へとたどると、モカの父がグラスを手にこちらに向かってきている。

「どうぞ。ただの白湯《さゆ》だけど、食べ過ぎに効く」

「どうもありがとう……」

アイラはなんとか上体を起こし、テーブルに置かれた白湯が入ったマグを握りしめた。なんの味もついていないお湯がうまい。

食べ過ぎでもたれた胃に染み渡る。

モカの父は白湯を飲むアイラを微笑みながら見つめていた。

「今日はモカに付き添ってくれてどうもありがとう」

「こっちこそ、美味しいものが手に入ったから良かったよ。あとオーブンも貸してくれてありがと」

「モカが、君の作っていた料理を随分と気にしていたよ。他の子たちも興味津々だった」

「甘いもの、あんま食べないの？」

「ここでは甘味はご馳走で、年に一回食べられればいい方だ。なにせ材料がそうそう手に入らないから。モカの好物は緑のカラフルベリーだが、あれは魔力付与効果があるから、子供たちの口に入ることはほとんどない。仕入れたら客に提供する」

アイラは白湯の入ったマグを置き、モカの父を見上げる。さきほどパイを食べながら酒場の光景を見ていた時に心に浮かんだ考えを口にした。

「モカちゃんのお父さんさ、本当の父親じゃないでしょ？」

アイラの質問に、モカの父は別段驚いたふうではなかった。ただただ、頷く。

「ああ。もちろん、僕はモカの本当の父親じゃない」

「他の子たちにもやたらお父さんって呼ばれてたけど、一人も実の子供いないでしょ？」

「そうだな、いない」

「なんでお父さんって呼ばれてるの？」

アイラの単刀直入な質問に、モカの父は特に嫌そうなそぶりは見せず、「ここ、座っていいかな」とアイラの向かいの椅子を指差して問いかけてきた。

アイラが頷くと、モカの父は長い手を動かして椅子を掴み、無造作にそこに腰掛ける。ルインは何にも気がつかず、床に伏せって熟睡しているようだった。

「この都市は冒険者で構成されているだろう」

「みたいだね」

「冒険者というのはあまり長生きしないし、ひとところに留まっているような性格じゃない。バベルで出会って恋に落ち、子供を作りはするけれど、じゃあ実際問題生まれた子供の面倒をつきっきりで見られるのかと言われると、できない人の方が多い」

モカの父はひょろっと長い足を組み、その上にやはり組んだ両手を置いた。

「探索途中に死んでしまう親もいれば、子供の育て方がわからない親もいる。もちろん自分で育てる親だっているがね。それにしたって一度探索に出てしまえば、何日も戻ってこないような人も多い。冒険者というのはそういう職業だからな。だから、僕たちのようにバベル内部で働いている人間が、肉親に代わって子供たちを育てているんだ。といっても、そんなにたいしたことはしていないんだが。赤子のうちは代わる代わる面倒を見て、少し大きくなったら仕事を手伝ってもらう。五歳になったら共に外に出て、冒険者としての資格を取らせる。それから先、やりたいことは子供たちが自分で決める。幸いバベルには各職業のエキスパートたちが揃っているから、何をするにしても師事するには困らない」

「なるほどね」

だから、こんなにも大勢の子供が働いているのかと納得した。

「僕はモカの父であり、他の子の父でもある。ややこしいから、ロッツと呼んでくれ。ロッツ・ロングフェロー、四級冒険者で、酒場の料理人だ」

ロッツが右手を差し出してきたので、アイラも右手を出して握った。皮は硬く、節くれだっていて、爪は短く切られていた。料理をしている人の手だ、とアイラは思った。

「あたしはアイラ。二級冒険者の料理人だよ」

「名字はなんだい？」

「シーカー。バベルに来た時につけるように言われたんだけど、まだ慣れないや」

手を離しながらアイラが肩をすくめると、ロッツが頷いた。

「シーカーを名字につける冒険者は多い。ここの子供たちも、ほとんどがシーカーだ。親がつけるんだが、縁起がいいからゲン担ぎにとね」

「なんかすごい冒険者の名前なんだっけ？」

「そう。未踏の地を恐れずに進み、数々の有益な発見をした人物。始まりの冒険者にして、全ての冒険者の憧れの人物だ。というか、君もそれを承知で名字にしたんじゃないのか？」

「あたしは別の尊敬するシーカーからつけたの」

「そうか。なら、そのシーカーもきっと、始まりの冒険者にあやかったんだろうな」

「そうかな……」

アイラにはそうは思えなかった。アイラの脳裏に、一括りにした濃茶の髪をなびかせて悠然と佇《たたず》むシーカーの姿が浮かんだ。人とほとんど関わらず、辺境を選んで歩いて生きているような人だった。そんな人が、始まりの冒険者に憧れて自分の名前をつけるだろうか。それとも親がつけたから、特になんとも思わず受け入れてシーカーとして生きているのだろうか。もしかしたら辺境で生きているからこそ、縁起を担いでおきたいと思うのだろうか。よくわからない。

「シーカーの功績がなければ、バベルは存在しなかった」

「バベルの礎を築いたのは、シーカーとフィルムディア大公様の祖先だったということだ」

「どういうこと？」

「あ、そうなの？」

「そう。だからこそ尚更、親は生まれた子供たちにシーカーという名字を与えるんだろうね。子供が成功しますように、才能に恵まれますように、って。自分たちがいつまで生きて面倒見られるかわからないから、せめて名に願いを託しているんだろうと、僕はそう思ってる」

「冒険者って、随分刹那的な生き方する人たちなんだね」

「そうだな。まあ、いくつになっても夢を追いかけているような人種だ。たとえ子供が生まれても、その生き方を変えられる人は少ない。簡単に変えられる人なら、そもそも冒険者になんてなってないだろうから」

「それでも生まれた子供に愛がないわけじゃないっぽいね」

「もちろんみんな、愛はある。そして託された僕たちも、愛情を持って育てている。多少の不自由はあるかもしれないが」

酒場の中は、もう客がほとんどいなかった。皿を洗い終えた子供たちが、エプロンを外してどこかへと去っていく。ロッツに手を振り、「おやすみなさーい」と言いながら走り去っていく。

「子供たちは四十階に住んでいる。バベルの説明をギルドで受けたと思うけど、階層の説明図に四十階だけが存在しないだろ？　四十階はバベル内で働く人たちの住まいになっているからなんだ。そこにごちゃっとみんなで住んでる。さて、そろそろ店じまいだな」

ロッツが立ち上がったので、アイラもルインを起こして酒場を後にした。

すっかりいい気分で寝こけているルインを起こすのは並大抵ではなく、最終的にアイラはルインの顔を両手で握って氷魔法「アイスペイン」をお見舞いした。

顔の半分ほどが凍ったところでようやくルインが目を覚まし、体内で発火させて氷を打ち砕いていた。

「もう少し穏やかに起こせ！」「だって全然起きないんだもん！」と言い争うアイラたちに苦笑しているロッツに見送られ、アイラはいつの間にか酒場の子供たちが洗ってくれていたパイ皿を手に自室に戻った。

手に入れたばかりの自分の部屋は、昨日泊まった宿と大して変わらない造りをしていた。ただし、はじめに説明があったように、水回りが存在しない。風呂もトイレもキッチン同様全部四十一階に詰め込まれているという話だった。まあ、ぜんぜんそれでもかまわない。アイラは隅に設置されていた棚にお皿をしまった。

「ねー、ルインって何歳だっけ」

「七十六歳だ」

「意外におじいちゃん」

「失礼な。火狐族の中では、若い方だ」

「あたしさぁ、子供と接するの、今日がほとんど初めてだったんだけど」

アイラは今日の出来事を振り返ってそう言う。

「ダストクレストはもっとちっちゃい街だったたし、そもそも犯罪者ばっかりで子供なんていなかったじゃん？」

「む……言われてみれば確かにそうだな」

「でしょ？　みんな、罪悪感があるのか、中で結婚したり子供産んだりとかはしなかったじゃん？　だからあたしが最年少だった」

アイラはベッドに腰掛けて、なおも言葉を続けた。

「モカちゃんも、お皿を売ってた子も、酒場の子たちも、みんな頑張って生きてるなーって。ちょっと感動した」

「アイラが小さかった時も、頑張って生きてたぞ」

「シーカーが色々教えてくれたし、頑張らなくちゃって。ルインもあたしを乗せて運んでくれたり、夜はお腹で寝るの許してくれたりしたし。やっぱそういう、優しさに触れて育つと人ってまっすぐ育つのかな」

アイラはベッドに横たわり、壁や床と同じ黄土色の天井を見上げながら考えた。

「ここの子たちもさぁ、みんな明るくまっすぐたくましく生きてて、いい子たちだよね」

「そうだな」

「こんな過酷な環境なのにね」

「そうだな」

基本的に人間は、世界樹の周囲以外では生きていけないと言われている。なのにこんな世界樹から遠く離れた最果ての地で、それでも明るく生きていけるのは、ひとえに都市に住む人々の心遣いのおかげだろう。

今日一日で出会った人たちの顔がアイラの頭の中に浮かんでくる。殺風景な天井を見ながらベッドに横たわり、そうしていろんな人のことを考えていると、とろとろとした心地いい眠りが襲ってきた。

「……あたし、いい場所に来たなぁって……」

「そうだな」

ルインの三回目の「そうだな」という返事が耳に届くか届かないかのうちに、アイラの水色の瞳が閉じ、やわらかな眠りへと落ちていった。

4 三度《みたび》ギリワディ大森林へ

翌朝。

すっきりと目を覚ましたアイラは、まだ寝ているルインをまたいで部屋から出て、とりあえずシャワーを浴びるために自室のある四十二階から四十一階まで降りた。シャワーを浴びてすっきりさっぱりしたアイラは、再び部屋に戻り、ルインに話しかける。

「おはようルイン、今日はルインの顔を洗うよっ!!」

ルインは相変わらず爆睡している時の癖で腹側を真上にして「まいった」のようなポーズをとりながら、ムニャムニャ寝言を言っている。大きな尻尾が床の上で左右に動き、モップのようにゴミを絡めながら集めていた。

「もう食えん……」

「ルイン、起きてっ!!」

「ふおっ!?」

無防備なお腹を思いっきりくすぐると、ルインは身をよじってワタワタする。

「やめっ、やめろアイラ！」

「おーきーてー！　顔洗うよ!!」

「わ、わかった起きる！　……何!?　顔を洗う……!?」

「そうだよ。洗うよ」

体を床に伏せたルインは、ついでに耳も後ろに伏せ、低い唸り声を上げた。

「洗うだと……!?」

「昨日、ベリーと蜂蜜酒で口の周りベタベタにしたでしょ？　洗うよ。綺麗になるまで、朝ごはん抜きだからね」

「ギュウウウウウウ」

ルインは苦悶に満ちた声を絞り出し、何かと葛藤しているようだった。しかしアイラは妥協しない。仁王立ちになりルインを見据え続けた。

「人間社会に身を置いている以上、少しは身だしなみに気を使わないと」

「うぬぬぬうううう……」

ルインは迷いに迷った後、渋々立ち上がり、顔を洗うことを許してくれた。

バベルの二十一階、冒険者ギルド、その奥。

従魔たちを洗うための場所は、阿鼻叫喚《あびきょうかん》の地獄絵図と化していた。

洗われるのを良しとしない魔物たちが、どうにかして主人の手を逃れられないかとジタバタ暴れ回る。

小さな従魔は魔法を使い、大きな従魔は力任せに逃げようと、タイル張りの洗い場は従魔の叫び声とそれを押さえようとする人間の怒鳴り声とが反響して凄まじいうるささだった。

ギエエエエ、ギャオオオオと、まるで断末魔のような叫び声がこだましている。何匹かの魔物たちはどうやら眠っているようで、一番手前のサーバルキャットはされるがままに洗われていた。おそらくエサにネムリソウを混ぜられたのだろう。

アイラはこわごわとルインを見た。この大騒ぎを見て、ルインが「やっぱり洗うのナシ」と言ったらどうしようと思った。さすがに気絶させてまで洗いたいとは思っていないが、だからって口の周りをベタベタなままにしておくわけにもいかない。

森林には魔物だけじゃなくて普通の虫だって飛んでいるから、甘い香りに引き寄せられてルインの口の周りに蝿《はえ》がブンブン飛び回ったりアリがたかってきたりしたら嫌だ。

しかしルインはこの喧騒を見て何を思ったのか、鼻からふんすと息を吐くと、呆《あき》れたように言った。

「フン、だらしがない奴らだな」

そして悠々と浴場に足を踏み入れる。だだっ広い浴場はいくつかシャワーが設置されていて、どうやらそこで洗うようだった。シャワーの一つまで歩み寄ったルインがアイラの方を向く。

「ほら、どうした、早く洗ってしまえ」

「え？　あ、うん。……あれ？　随分大人しぃね？」

「こやつらとは格が違うところを見せてやるのだ」

アイラが石鹸を泡立たせ、口の周りをあわあわにしてもルインは文句を言わずじっとしていた。どうも、騒ぎまくる従魔を見たら逆に落ち着いたらしい。大人しく洗われているルインを他の冒険者たちが羨ましそうに見つめている。その視線に気がついたルインは、これ見よがしに浴場に座り、顎を高く上げていた。

これはいけるんじゃないかな、とアイラは内心でほくそ笑む。

「ねールイン、ついでだから全身洗っていい？」

「なにぃっ、全身だと!?」

「うん。ついでだし」

「いや、だがしかし全身となると時間がかかって……うふぉっ」

アイラはルインの返事を聞かず、石鹸をどんどん泡立てて全身に塗りたくった。赤い毛並みが石鹸の泡によって白く染め上げられてゆく。指を立ててワッシャワッシャ洗うと、毛と毛の隙間から砂利がすんごい出てきた。

「おうぉっ、アイラッ、もう良いのではないか⁉」

「もーちょっともーちょっと」

ガッシガッシと指を立てて洗うほど、砂利がどんどん出てきてキリがない。

「アイラッ、まっ、まだなのかっ」

「もーちょっともーちょっと」

あうあうするルインに「もーちょっと」を連発しながらアイラはルインの全身をくまなく洗った。毛の中でぴょんぴょん飛び回るノミを残らずシャワーで洗い流し、ようやくルインの赤い毛が輝きを取り戻したのを見てアイラは満足した。

「はい、おしまい」

すっかりずぶ濡れで毛がぺったりしたルインは、まるで体が半分になってしまったかのように細く見えた。不満そうな顔をした後、すごい勢いで全身を震わせて水飛沫をあたり構わず撒

き散らす。体積が体積なので飛んでくる水の量が尋常ではなく、アイラは小雨でも浴びたかのように濡れてしまった。

「わっ、ちょっと、あたしまで濡れた！」

「フフン」

ルインの顔は満足気だった。

確信犯だ。

全身洗われた腹いせに、やり返したにちがいない。魔物たちの叫び声で満ちる空間から再び悠々と歩いて出ていくルイン。それについていくアイラ。ルインは体内で発火して温度を上げたらしく、みるみるうちに毛が乾いていく。アイラはそれをジト目で見つめた。

「……便利そうでいいなぁ〜」

「アイラもやればよいだろう。火魔法使えるだろ？」

「いやっ、無理だから。人間の魔法とルインが使える魔法は違うって知ってるでしょ」

歩きながらルインの毛はすでにほとんど乾ききっていた。洗い立ての赤と橙が混じり合った毛が、ふかふかもふもふでいい匂いを発している。

「さて、じゃあ、朝食か？」

「部屋に戻って一回着替える」

「えぇぇぇぇ」

「だって、あたしびしょ濡れだし。このままほっといたら風邪ひく」

「ぬおおおお」

「すぐに済むからさ」

渋るルインを連れて一度部屋に戻って着替える。

「じゃ、行こっか」

「うむ」

朝食を取るべく酒場に向かう。階段を下りて酒場に入ると、早速モカがアイラを見つけて近づいてきた。

「アイラさん、おはよう！」

「おはよー、モカちゃん。今日も朝から元気だね」

「うん。給仕係はね、元気と笑顔が大切だってお父さんに言われてるから」

そう言ってモカはにぱっと笑みを浮かべた。

「今日のモーニングには、銀貨五枚追加でカラフルベリーのジャムがつくけどどうする？」

「まだ部屋にいっぱいあるから、いいや。普通のモーニングセットを七人前よろしく」

「かしこまりました！」

モーニングセット七人前のお金を受け取ったモカがくるっとアイラに背を向けて、厨房に走り去る。「お父さーん、モーニングセット七人前入ったよ！」という声を聞きつつ、アイラは料理が出てくるのを待った。

「お待たせしました、モーニングセット七人前です！」

どどんと出てきたモーニングセットは、昨日と同じメニューかと思いきや、ゆで卵ではなくオムレツで、トーストにバターは載っておらず代わりにスープがついていた。

「トウモロコシのスープだよ。トーストを浸しても美味しいよ」

モカの説明を受け、スープを一口啜《すす》ってみると、甘みのあるトウモロコシの味わいが口いっぱいに広がった。確かにトーストとの相性が良さそうだ。

アイラは早速、かじりかけのトーストをスープに浸し、そして食べてみる。

「んん、トウモロコシスープの優しい味わいが素朴なトーストによく馴染む……！」

「どれどれ……お、本当だな」

ルインは歯でトーストを掴むとスープに浸し、そのまま器用に舌を使ってパクリと食べた。

「カリッと焼けたトーストもいいけど、スープを吸ったトーストも味わい深くていいねえ」

「えへへ。では、ごゆっくりどうぞ！」

「あ、ちょっと待ってモカちゃん」

アイラは朝食を取りつつ、去りかけていたモカを呼び止めた。

「森に他に美味しい食べ物ってあるかな？」

「森に？　うーんと……あっ、ココラータの実なんてどうかな？」

「ココラータ？」

「うん。樹《き》のおばけみたいな魔物なんだけど、おっきい実がいくつもぶら下がってて、割るとトロッとした茶色いソースが溢れてくるの。それが甘くてすっごい美味しいんだって！」

「モカちゃんは食べたことないの？」

「うん、食べたことない。ココラータは恥ずかしがり屋の魔物で中々出会えないし、実を割らないで取るのに苦労するから滅多に出回らなくって……でも、食べた冒険者さんの話を聞くと、至福の味わいなんだって。わたしも一度でいいから食べてみたいなぁ」

モカは両手を胸の前で組み合わせ、夢見るような顔でココラータに思いを馳せていた。が、やがて現実に戻ってきて、はっとした顔でアイラを見た。

「あ、いけないいと。お仕事しないと。じゃあアイラさん、ゆっくりして行ってね！」

トタタタ、と赤いワンピースを翻して去っていくモカの後ろ姿を眺めてから、一心不乱にベーコンを食べているルインに視線を移す。

「ルイン、どう思う？」

「どうもこうも、決まりではないか？」

「だよね」

アイラとルインは七人前のモーニングセットを仲良く分け合い、食べ切ってから立ち上がった。

「よし……次の食材は、ココラータに決定！」

「うむ！」

朝食を終えたアイラは、ルインと共に冒険者ギルドに行った。何か情報を集めるならギルドが一番いいと思ったからだ。

「遭遇率が低い魔物っぽかったし、森は広いから、せめて個体情報と出没箇所くらいは知っておかないとね」

「そうだな。獲物が明確な場合には、情報収集をしておくべきだ」

頷くルインとともに、ひとまずは毎度おなじみカウンターにいるギルド職員、ブレッドに話しかけてみることにする。

「ブレッドさーん」

「おはようございます、アイラさん。ちょうど昨日の素材鑑定が終わったところですよ」

すっかりアイラ担当のようになっているブレッドは、羊皮紙を手ににこやかに近づいてきた。

「モフモとウィトティントの歯、合計で金貨十枚ですね」

「どうも」

カウンターに置かれた鑑定書類と金貨を受け取りつつ、そういえば肉を取り出す時に剥いたウィトティントの毛皮を持ってくるのを忘れていたことを思い出した。また次に持ってくればいいか。

「ココラータって魔物について知りたいんだけど、ギルドに情報あるかな？」

「魔物に関しては、ギルド奥の本棚に魔物図鑑があるので、そこに載ってます」

ブレッドが指し示した方角には、確かに本棚が壁一面に設置されている。

「わかった、ありがと」

「ご武運を祈っています」

本棚には分厚い図鑑がいくつも収納されており、それぞれが細い鎖で本棚と繋がっていた。おそらく盗難防止の措置だろう。アイラはざっと本棚を眺めた。

図鑑はまず、区域ごとに存在していた。

森林、砂漠、海、雪原。それから岩窟、湿原、平野、山脈、高地などもあった。

その区域の中でも、獣型、植物型、霊魂型、魚型などに分かれている。アイラはギリワディ大森林の植物型魔物の図鑑を引き抜き、本棚手前にあるテーブルにドスンと置いた。図鑑は両手で抱えるほどに大きく、重たい。厚い革表紙をめくり、目当ての魔物がいるか調べた。名前順になっているらしく、ココラータはわりと早い段階で見つかった。

「あった、これだ」

図鑑にはココラータのリアルな挿絵と共に詳細が載っていた。

「何が書いてある？」

ルインが興味深そうに図鑑を覗き込んだ。人語を喋れるが文字は読めないルインのために、アイラが内容を読み上げる。

「ココラータは約三メートルほどの樹木型の魔物で、根っこにあたる部分を足のように使って移動する。大変臆病な魔物で、気配に敏感で少しでも敵の気配を感じると素早く逃げる。逃げきれないとわかると、枝に実っている無数の実を落として注意を引いている隙に猛ダッシュでいなくなる。この実は接地と同時に破裂するように出来ていて、外殻《がいかく》が大変脆いので割らずにキャッチするのは至難の業だが、実の中身は大変美味で、高額で取引される。ギリワディ大森林に生息しているが、常に移動し続けるためはっきりとした生息地域は特定できない。……だって」

「中々難易度が高そうな魔物だな」

「そうだねぇ」

図鑑をパタンと閉じて本棚に戻しながらアイラは相槌を打った。

「向かってくる敵を倒すのとは別の種類の努力が必要だね」

「でも探しにいくのだろう？」

「行くよ、気になるからね」

美味しいもののためならば、火の中水の中森の中、どこへだろうと行くのがアイラだ。

そんなわけでアイラは、ココラータを求めて三度ギリワディ大森林に足を踏み入れる決意をした。

＊

「はぁ……どうしましょうか」

三級冒険者パーティ「石匣の手」のリーダー、エマーベルは深いため息をついた。今、石匣の手は苦境に立たされている。共に探索をしてきた〈斥候〉のクルトンが深手を負っているため、探索に支障が出ているのだ。

九死に一生を得たクルトンにメンバーたちは安堵《あんど》したものの、治療費にはかなりの金貨を必要とし、おまけにクルトンは未だ病床にいる。

バベルでの治療費は高額だ。

普通の街での治療費だって高額なのだが、バベルはそれさえも安く思えてしまうほどに高額なのだ。

通常、怪我《けが》や病を治すのは聖職者。女神ユグドラシルに信仰を捧《ささ》げ、聖なる力を高めた者だけが使える治癒魔法で傷ついた人々を治す。

バベルには高度な治癒魔法を使える聖職者が多数住んでいるのだが、彼らに支払う金額は、一回につき金貨五十枚は下らない。

あまりの高額に重症人以外は運び込まれないのだが、今回のクルトンの怪我はまごうことなき生死に関わる重症だったため、即座に聖職者のいる治療所へと連れて行った。

おかげさまで助かったのだが、このままジリジリと減りゆく金貨を見つめているわけにいかない。切り詰めたって限度がある。稼がなければバベルを出ていく羽目になってしまう。

とはいえ、クルトンを欠いた三人で探索するのはあまりにも危険だった。

クルトンは〈斥候〉という重要な役割を担っていた。先んじて探り、危険がないかを確認し、魔物の動向を確かめる。彼なしで探索するならば、他のメンバーを探さなければならない。しかし斥候の役割ができる人間は貴重なので、大体どこかのパーティに属している。

重い足を引きずりながら歩いていると、隣を歩くノルディッシュが話しかけてきた。

「なあ、エマ。パーティ募集に誰か応募してくるやついると思うか？」

「どうでしょうね……」

「この際だからぁ、斥候以外の人をパーティに入れたらぁ？」

「それもありですね」

「そうじゃなきゃ、俺たちここを放り出されちまうからな」

ノルディッシュの言葉は冗談では済まされなかった。本当に、ここらでどうにかして金を稼がないと、家賃も治療費も支払えずにバベルを着の身着のままで追い出されてしまう。実力主義のバベルでは、稼げないものに容赦はない。なんとかしなければならなかった。

「せめてジャイアントドラゴンの棘一本でも持って帰れたらよかったのにな」

「その前に出会ったぁ、ココラータの実でも良かったんじゃなぁい？」

「確かに……」

エマーベルはがくりとうなだれた。

あの日エマーベルたちは、ジャイアントドラゴンに出会う前にココラータという魔物に遭遇していた。

ココラータは臆病な魔物で、滅多に人前に姿を現さず、運良く出会えてもすぐに逃げてしまうのだが、その木の実は一つにつき金貨五枚の高額で取引される。何個か持って帰ることができたのなら、今頃は金貨数十枚に換わっていただろうに。シェリーがちらりとエマーベルを見つめた。

「一度出会った魔物ならぁ、エマの索敵魔法で探知できるんじゃなぁい？」

「あの場所の近辺にまだとどまっていれば、可能性はありますが……三人であそこまで行くのは得策ではありません」

「だが、このまま塔内で燻っってても仕方ねえだろ」

「ですが……」

「メンバー募集に誰も集まらなかったらぁ、行っちゃおうよ。ねっ？」

「………」

二人の言い分もよくわかる。このままグズグズしていても、金を消費するばかりだ。

「じゃあ、募集に誰も来ていなかったら……行きましょう」

エマーベルは渋々そう返事をすると、誰か来ていますようにと半ば祈る気持ちでギルドへと急いだ。

結論から言って、エマーベルたちのパーティに参加しようとする冒険者は誰もいなかった。ギルド前の壁の掲示板を眺めたエマーベルは肩を落とす。

仕方がない。ほとんど死にに行くようなものだが、三人で探索するしかない。冒険者というのは時に、危険を承知で探索に出かけなければならないのだ。

覚悟を決めたエマーベルの背後から、明るい声がかけられた。

「あれー？　石匣の手のみんなじゃん」

振り返るとそこには、絶体絶命のピンチを救ってくれたあの冒険者、アイラが立っていた。赤橙色の毛を持つ、火狐族なる不思議な喋る獣を引き連れ、相変わらず屈託のない笑みを浮かべている。

「これから探索？」

「はい、その予定です。アイラさんもですか？」

「そう。ココラータって魔物を探しにね。でもどこにいるかわかんないから、ちょっと時間かかりそう」

「！」

肩をすくめるアイラを見て、エマーベルは思わず残る二人のメンバーとさっと視線を合わせた。

これは、チャンスではないだろうか。

エマーベルたちは偶然にもココラータの居場所を知っている。いや、あそこであれほどジャイアントドラゴンが暴れた以上、臆病な性格のココラータがまだ同じ場所に止《とど》まっている可能性は極めて低いが、それでも全力を尽くせば探知できるはずだ。

アイラが先に見せた実力は、石匣の手のそれを遥かに上回っている。アイラは相棒の火狐とともに、たいした装備も整えずに森林に潜ってもなんら危険がないような実力者だ。普通ならば一緒に行動するなどあり得ないだろう。

しかし、今はどうだろう？

エマーベルは一か八かで提案をすることにした。

「実は我々、あのジャイアントドラゴンに追いかけられる前、ココラータに出会っていまして……索敵魔法で再び見つけることも不可能じゃないかと」

アイラは、前髪で隠れていない右目をわずかに見開いた。

「え、ほんと？　いいなぁ、羨ましい」

「その、提案があるのですが……我々、一人仲間を欠いているので戦力が足りず……もしアイラさんがよければ、一緒にココラータを探しに行きませんか？」

「いいの？　行く行く！」

アイラは、こちらの想像以上に速攻で首を縦に振ってくれた。エマーベルとノルディッシュ、それにシェリーの三人は安堵の息を漏らした。これでとにかく、森に探索に出かけられる。何がなんでも成果を上げなければならない。と、考えていたら、アイラはにこやかな笑顔のまま、エマーベルたち三人にこう言った。

「よし、じゃ、早速行こうか！」

「えっ、い、今からですか？」

「そうだよ、今から」

何か問題でも？　とでも言いたげに首を傾げるアイラ。

「えーっと、行くとなれば色々と準備がありまして……」

「あ、そうなの？　どんくらいかかる？」

フル装備をするならば、準備に半日は欲しい。

石匣の手のメンバーはギリワディ大森林を甘く見ていない。この魔物蔓延《はびこ》る地は魔境であり、人間にとっては危険極まりない地域だ。

たとえば、森の浅い場所に出るアリやバッタといった昆虫型の魔物。あれらは一匹一匹は弱くとも徒党を組むと恐ろしい脅威となる。その危険を避けるためには虫除けの香を備えて常に焚いておく必要がある。

頻繁に出没するワイドエイプも厄介だ。彼らの腕力から繰り出される投石は弾丸並みの威力で、しかも恐るべき速度を誇るため避けるのも一苦労。万が一当たれば人体に風穴が空く。猿よけの香を焚いておかなければ森の奥深くに行く前に全滅してしまうだろう。

それに、森の中を飛び回る魔蛾《まが》や魔蜂にも気を使う。これらには虫除けの香が効かないので、別の手段を講じる必要がある。

地面に擬態しているウィトティントに出会ってしまったら厄介だ。攻撃が当たらないのでシエリーの魅了魔法をかける必要がある。やつらは仲間を誘き寄せる性質があるので、さっさと倒さなければならない。普段ならばクルトンが先を見通し危機を察知するのだが、今回はそうもいかない。

最も懸念すべきは――索敵魔法をどれくらい持続させなければならないかわからない点だ。

魔力というのは有限で、使えば使うほど消耗する。だから消耗した分を回復させるために、魔力回復薬が必要だ。それだけではない。怪我に備え回復薬も数本要るし、解毒薬ももしかしたら持っていた方がいいかもしれない。

それから、携帯食料も。何日森に滞在するかが不明なため、もしかしたら簡易宿泊用の持ち物もあった方がいいかもしれない。必要な物を挙げ出せばキリがない。

だが……。

エマーベルはちらりとアイラを観察した。

彼女の装備は、お世辞にも周到とは言えない。出会った時もそうだったが、「ちょっとその辺に行ってきます」くらいの身軽な物だった。これが、ジャイアントドラゴンを一撃で、無傷で屠る実力者の装備か。エマーベルたちは三級、彼女は二級冒険者だが、その差には天と地ほどの隔たりを感じる。

「……アイラさんは、その装備で行くつもりなんですか？」

「うん。いつもこんなもんだし」

「そうですか……ちょっと仲間と相談させてください」

「いーよ」

エマーベルはアイラから少し離れ、ノルディッシュ、シェリーと額を突き合わせて小声で喋った。

「どうします？」

「どうするも何も、あっちの行く気が削がれる前について行くべきだろ。二級冒険者の気持ちが変わる前に、俺たちも行くべきだ」

ノルディッシュが至極真っ当な意見を述べた。シェリーも激しく首を縦に振る。

「私もそう思うよぉ。アイラさんなら、一人でもへっちゃらでギリワディ大森林に行っちゃうでしょうからぁ」

「ですが、必要最低限の装備は整えないと、我々足手まといになった挙句に置き去りにされかねません」

「確かに……」

探索は自己責任だ。探索中にトラブルがあっても、パーティメンバー外の人間が助けてくれると思ってはいけない。おんぶにだっこで行くわけにはいかないのだ。

「一時間以内に装備を整えるというのはどうでしょうか」

「待っててくれっかな……」

「待ちきれなくていなくなってたら、どうするのぉ？」

「では、三十分」

「それなら、まあ……」

「アイラさんに聞いてみようよぉ」

正直三十分でできる準備などたかがしれているが、ないよりもマシだ。エマーベルを先頭にアイラに近づいた。彼女は既に待つことに飽きている雰囲気があった。火狐という、エマーベルたちが聞いたこともない喋る不思議な獣に寄りかかり、その見るからに触り心地のよさそうなふわふわの毛を撫でて遊んでいた。

「あの……すみませんが、支度をするのに三十分お時間をいただけないでしょうか」

するとアイラは従魔からエマーベルに視線を移した。前髪で隠れていない右目でじっとエマーベルを見つめる。澄んだ水色の瞳に見つめられると、オドオドしている内心が見透かされているようでエマーベルはドキッとした。いくらも待たずに彼女の形のいい唇が開かれた。

「いーよ」

「あ……ありがとうございます！」

「じゃ、三十分後に大森林に通じる下の門で待ち合わせでいーい？」

「はい！」

「オッケー」

アイラがヒラヒラ手を振ったので、エマーベルは彼女の気が変わりませんようにと思いつつ、とにかく出かける準備をするために急いでポーションを売っている店へと走った。

三十分というわずかな時間で全ての用意を整えるのは無理がある。

とにかく石匣の手のメンバーは分担して必要なものを買いに走った。

エマーベルは薬師が営む調合店に赴き、必要な魔法薬を買い漁《あさ》った。魔力回復薬は高価なのだが、惜しむわけにはいかない。エマーベルの魔力が途中で尽きると探索は不可能となりココラータを見つけるのが絶望的となってしまうため、絶対に必要だ。あとはココラータの実を入れるための大袋。これはシェリーが手に入れてくれていた。ルペナ袋の大きいものを二つだ。ノルディッシュは食料を買っていた。

「よし、これで……三十分ですね。急いで東門に行きましょう」

懐中時計を確かめたエマーベルは、メンバー二人と共に足早に東門に向かった。

アイラは既にそこにいた。というより、この三十分ずっとこうして待っていたのではないかなという感じだった。特に気負いもしておらず、さきほど見た通りの軽装だった。装備や持ち物が増えた様子もない。

「お待たせしましてすみません」

「全然。じゃ、早速行く？」

「はい」

「案内、よろしくね」

二級冒険者アイラは人懐っこい笑みを浮かべながら、エマーベルたちに向かってヒラヒラ手を振った。

バベルの外を探索するのはいつだって緊張する。魔物はどこにでも潜んでおり、いつ牙を剥くかわからない。しかも今回は、いつも先行して道を調べ、危険がないかを知らせてくれるクルトンがいないので尚更だ。

しかしエマーベルたちの先を行くアイラには、そうした気負いや緊張感というものが皆無だった。ルインという名の従魔と連れ立って歩きながら、時々エマーベルたちに質問をしてくる。

「ねーねー、この蝋燭《ろうそく》みたいな形のキノコって食べられる？」

「それは毒キノコなので食べられません。即死です」

「そうなんだ……こっちの植物は？」

「それは煮込めば食べられますが、味はあまり美味しくありませんよ。食料が他に何もなくなった時の最終手段です」

「なるほどねー」

それにしても彼女の質問内容は食に関することばかりだ。普通、一時的とはいえパーティを組むことになったなら、戦力や役割、魔物と遭遇した時にどう動くかなどを尋ねて確認するものだが、そうした質問は一切されない。

これは、こちらの戦力などはなから当てにしていないということだろうか。我々は、ココラータを見つける以外の役割を期待されていないのか。

そうだとしても無理はない。ジャイアントドラゴンを一人で仕留められる実力者と行動を共にできるのだから、むしろ足手まといにならないよう動くことに注力すべきだろう。

（何としてでもココラータを見つけなければいけませんね……！）

エマーベルが決意を新たにしていると、ノルディッシュ、シェリーと目があった。彼らも瞳に強い意志を漲《みなぎ》らせ、小さく頷いている。きっと心は同じなのだろう。

ジャイアントドラゴンと出会った場所までの道中は、かつてないほどに安全だった。

アイラが全て魔法で吹き飛ばしてしまうからだった。

彼女は魔物を殺さず、絶妙に加減した攻撃で追い払う。単純に殺すより難しい芸当だ。おまけに勘が鋭く、エマーベルたちがまだ発見していない魔物をあっさりと見つけ出してしまう。そして威嚇に魔法を放ち、追い払うので、エマーベルたちは本当にいる意味がなかった。

「前にココラータを見たのって、どのへん？」

「この先すぐです」

アイラが片手間にワイドエイプを氷魔法で半分凍らせながら聞いてきたので、エマーベルが慌てて答えた。

ココラータがいた場所をたどるのは非常に簡単だった。

アイラがギルドの職員ならびに従魔たちとジャイアントドラゴンをバベルまで運んで来たため、そこかしこに枝葉が落ち、草が薙《な》ぎ倒され、地面がえぐれていたためである。十等分にしてから運搬したと聞いているが、ジャイアントドラゴンは巨大だ。運搬時には木にぶつかったり草を踏みしめたりしたし、轍《わだち》は未だに深く残っていた。

向かってくる敵をアイラが追い返すわ、道をたどる必要すらないわでここまでのエマーベルたちは全く出番がなかった。これほどまでに快適な探索は初めてだ。ここが世界樹の正反対に位置する過酷な場所であるとは到底思えない。

やがて、見覚えのある場所にたどり着く。

「あっ、ここです、ここ」

「ここ?」

「はい。間違いありません」

エマーベルは意識を集中させた。

「ここにココラータのいた魔力残りがあります。これを追っていけば……どこにいったのかが、わかるはずです」

索敵魔法は言うほど単純な魔法ではない。魔力残りは細く、こま切れで、儚く頼りない。日数が経てば経つほどに跡はおぼろになり、無数の魔物が入り乱れる場所では一つの魔力残りをたどるのは、砂漠で砂金を見つけるにも等しい難しさがある。

しかしエマーベルはそれをアイラに告げるつもりはなかった。

自分たちは、ココラータを見つける役割によって同行を許してもらったのだ。ならば全身全霊で期待に応えるべきである。

こちらの内心の緊張など全く知らぬアイラは、ヒラヒラと手を振り、「じゃ、よろしく！」と明るく言った。

＊

ココラータに遭遇したことのある冒険者と一緒に探索できてラッキー、とアイラは思っていた。

なにせこの広大な森林のどこをどう探せばいいのか、途方に暮れていたところだ。おまけにココラータの落とす木の実はどうやら接地と同時に破裂して中身を撒き散らすらしく、そうなるといかにして地面につくまえにキャッチするのかが重要になってくる。人数が多ければ多いほどたくさん拾えるので良いといえよう。

ココラータがいたという場所まで来たら、エマーベルと先頭を交代した。彼は額から汗を流し、凄まじく集中しながら、足跡をたどるかの様に地面に視線を落としたまま歩いている。恐ろしいほど無防備だ。彼らの実力がどれほどなのかアイラにはイマイチわからないのだが、今ならば低級魔物でもあっという間にその首を取れそうだった。

アイラは周囲への警戒を怠らず、エマーベルの後をくっついて行った。ノルディッシュとシェリーも同様だ。しかし、ただ警戒しながら歩くというのも芸がなくてつまらない。アイラは歩きつつ、シェリーに話しかけてみた。

「ねえ、シェリーちゃん……だっけ。何でそんな服装してるの？」

「えっ、これですかぁ？　これは、〈アイドル〉の正装です！」

「〈アイドル〉？？」

「アイラさんもしかして、〈アイドル〉知らないんですかぁ!?　最近冒険者の間で大流行中の職業ですよ！」

「職業って流行《はや》り廃りがあるの？　ってか、〈アイドル〉って具体的に何ができるの？」

「それはですねえ……見ていてください！」

シェリーは言うが早いが、ヒラヒラした服をヒラヒラさせ、手に持っている短めのステッキの様なものを構えた。てっぺんについている丸い宝石が輝く。そのまま頭上にいた、今まさにこちらに襲い掛かろうとしていた魔物めがけて魔法が炸裂する。

「ギャッ⁉」

「ギャギャッ！」

ワイドエイプ二匹が魔法の直撃を受けてボテッと落ちてきた。見たところ外傷を与える類の魔法ではなさそうだ。ワイドエイプはしばらく痙攣《けいれん》していたが、やがて起き上がると、なんだかうっとりした目でシェリーを見上げ始めた。

「ギャギャギャ」

「ウギャーギャウギャウ」

そのまま明らかに発情の踊りだろうと思われるものを踊り始めたワイドエイプ。アイラは困惑してワイドエイプを指差した。

「何これ？」

「これこそがアイドルが使える魔法、『魅了』です！」

「魅了……？　そんな魔法があるの？」

「最近発見されて体系化された魔法なんですよぉ。二匹とも、お座り！」

シェリーが命じると二匹は踊りをやめてその場に正座した。

「立て！」

二匹は直立不動で立ち上がった。

「三回回ってキャンと鳴く！」

二匹はその場でぐるぐると三回回り、高い声で「キャン！」と鳴いた。

「よぉし……じゃあ、姿が見えなくなるくらい遠くに行くこと！」

二匹は木を駆け登り、長い毛むくじゃらの腕を駆使して枝から枝へと器用に渡り歩きながら去って行った。アイラはそれを感心して眺めてからシェリーに向き直る。

「要するに洗脳？」

「一種の洗脳ですねぇ。この魔法、バベルを統治するフィルムディア一族のお姫様、シングス様が考案したんですけど、シングス様はすっっごい魅了魔法の使い手で、それこそジャイアントドラゴンさえも魅了しちゃうんですよぉ。もうもう、全〈アイドル〉冒険者の憧れの存在なんです！」

「そうなんだ」

「たまぁに酒場でライブ開いてくれるんですけど、笑顔も歌声もすっごい素敵で!! ウインクされたらもう、失神しそうになるんですぅ！」

「魅了魔法にあてられてるんじゃなくて？」

アイラの至極もっともな意見は、シェリーのひたすら語る「シングス様がいかにすばらしいか」の高説により黙殺された。ノルディッシュがアイラに身をかがめて耳打ちする。

「これ始まると、一時間は終わんねえぞ」

「それ、先に教えて欲しかったな」

シェリーの語りを聞き流しつつ、アイラたちはエマーベルの後をついて行く。小一時間ほど歩いたとき、エマーベルが不意に足を止めた。肩で息をしている。

「ゼェ……静かにしてください、シェリー……。もう近づいています……ハァ」

エマーベルのこの言葉を聞いたアイラは興味津々で周囲を見回した。

「おっ。どこどこ？」

「まだ数キロは先ですが……奴らは非常に臆病で敏感な魔物なので注意して接近する必要があります。ハァハァ……目視できる範囲まで近づいて、それから一気にかかりましょう」

やたらに疲弊している様子のエマーベルに、アイラは首を傾げた。

「何でそんなに疲れてんの？」

「ま、魔法の維持に魔力と集中力を使っているせいですっ」

「あ、そうなんだ。索敵魔法って大変なんだね」

「いえ、まぁ……魔力回復薬を飲めば大丈夫です」

エマーベルはリュックの中をごそごそ探り、透明な細長い瓶を一本取り出した。糊付けされているそれの蓋を外し、一気に中身を半分ほど飲む。

「これで大丈夫です。敵に気づかれない様に、気配を薄くする魔法をかけます」

エマーベルが四人と一頭に魔法をかける。三人の体は発光したのち何だか認識しづらく薄ぼんやりしたが、アイラとルインは「ばちっ」と音を立ててエマーベルの魔法を弾き飛ばしてしまった。

「あ、属性が違うのでうまくかからなかったようですね」

「ありゃ……じゃあ私とルインは、なるべく目立たない様こっそりついていくわ」

「アイラさんはともかく、ルインさんの巨体で目立たない様にっていうのは難しい気もしますが……」

「音を立てず後ろからついていこう」

ルインはジリジリ下がり、一行の後方にピッタリとくっついてそこから周囲に警戒を送っていた。

四人と一頭は極力音を立てない様に森を進む。石や木の根に足を取られて転んだり、草むらに突っ込んで無用な魔物の怒りを買ったりしないよう細心の注意を払い、まるで地を這《は》い進むトカゲの如く俊敏性と隠密性でササササと薄暗い大森林の中を進んでゆく。

とある地点で再び足を止めたエマーベルが、振り向いて口パクだけで何事かを伝えてきた。

「いました」

首を伸ばしてアイラが見てみれば、そこには、三メートルほどの背丈の木々が幹に実を鈴なりにしてじっと佇んでいた。

なるほどあれがココラータ。

一見するとただの木にしか見えない。てっきり一本だけかと思っていたのだが、なんかたくさんいる。さながら林のようだった。

ココラータから目を離さず、エマーベルが囁《ささや》いた。

「陽動役を決めませんと……」

「あ、それ、ルインにまかせていい？」

「うむ」

「ルインさんに？」

「ルインは木の実を拾えないし、足速いから多分ココラータを見失わないと思うし」

「あ、はい。ではぜひ」

「よし」

アイラはひそひそ声のままルインに向き直る。ルインも了承したとばかりにこくりと一つ頷いた。

「では、いざ」

ルインはぬうっと伏せっていた巨体を持ち上げて、赤と橙が混じった見事な毛並みの前足を進めた。がさり、という音に、それまでじっと佇んでいた木々がびくりと体を震わせる。同時に、鈴なりになっていた木の実が揺れて奇妙な音を立てた。

続いてルインの体が茂みから出るか出ないかのところで、ココラータたちは地面から根っこをズボズボォ！　と引っこ抜き、根っこを足の様に動かして、すごい勢いで走り出した。

「よし、全員ルインに続こう！」

アイラはルインに続いて茂みから飛び出した。

「よし、僕たちも行きましょう！」

「おぉ！」

「うん！」

石匣の手のメンバーも飛び出し、ココラータを追いかけ出す。

もう身を潜める必要も声を我慢する必要もなくなったため、アイラは元気に声を出す。

「美味しい木の実をゲットするため！　行くよー‼」


追いかけっこは、最初の三秒からその様相が変わったものになった。

ココラータたちは追撃者の数が増えたことに気がつくや否や、逃げながら木の実を落とすという戦法を取った。

目論見通りの展開に「やったぁぁぁ！」と言いたいところだったが、落とす数が尋常ではない。まるで土砂降りの雨の様に、絶え間なく木の実が落ちてくる。

アイラは一つも落とさない様に、地面に落ちる前に木の実をキャッチし、持参していたルペナ袋の中に突っ込んだ。ひとつひとつの木の実は両手の拳を合わせたくらいの大きさだ。

アイラは木の実をキャッチしながらルインの後を追いかけた。

ココラータを猛追するルインの姿は、さながら炎の化身の様である。あまりの速さに姿がぼやけ、燃える炎が突っ込んでいっているかの様だった。もしかしたらそのせいでココラータたちが必要以上に怯え、何とか追い払おうとして防衛手段である木の実を落とし続けているのかもしれない。

アイラは手当たり次第に木の実をキャッチしながら走り続ける。普通に走ってはとてもではないが追いつけない。付かず離れずの距離を保てているのは、ルインが時折木々の間を迂回してココラータの前に躍り出て足止めをしてくれたり、横から飛び出してココラータの逃げる方向を変えてくれたりしているおかげだった。さながら牧羊犬のようである。

背後から声が聞こえてきた。

「おい、エマ！　無理すんなよ！」

「そうよぉ、わたしたちががんばるからぁ！」

「いえいえ……ゼェ……金貨のためですから……！」

すでに息絶え絶えなエマーベルに気を使いつつ、ノルディッシュとシェリーが負けじと木の実をキャッチする気配がした。

「身体強化……か、加速……！」

魔法をかけるエマーベルの声を聞きながら、アイラはなおもココラータに追いすがる。逃してなるものか。世にも珍しい美味なる甘味、ココラータをなるべく多く持ち帰るのだ。

ココラータたちの逃げ足は凄まじい。

木の根をうねうね足の様に動かし、ルインの猛追から逃げようと森の奥へ奥へと移動していた。全力を出したルインの速度というのは尋常ではなく速いのだが、それに負けず劣らずの速さだった。植物型魔物はもっとのんびりゆったりした動きのイメージがあったが、ココラータの敏捷性《びんしょうせい》はそんなアイラの中のイメージを覆した。すっごい速い。

赤毛を翻しつつアイラはひた走る。雨あられと降り注ぐ木の実をキャッチしつつだ。すでに袋は、三つほどいっぱいになっている。

パンパンだ。大量収穫だ。

でもまだあと二つ袋があるので、これがいっぱいになるまでは追いかけっこをやめるつもりはない。

「シエリー、そっちの木の実取りこぼすなよ！」

「うんっ、わかってる！」

「ゼェ……僕も、なんとか……！」

背後の石匣の手の皆様方もまだまだ元気っぽいし、付き合ってくれることだろう。アイラは残る二袋もココラータの木の実でいっぱいにするべく、ルインの後を追いかけ続ける。

爆走するルインは目立つので追いかけるのが簡単だ。ココラータたちは速度をゆるめずひた走っており、植物型の魔物ってどのくらいの持久力があるのかなとアイラは思った。

一時間ほど追いかけっこが続いただろうか。もうそろそろ最後の袋がパンパンになっていた。持参した袋が尽きたので、背後の石匣の手のメンバーはどうだろうかと振り返る。だいぶ遅れていた。おまけに三人とも、もはや背負えないほどに袋を抱え込んでいた。

「そろそろ終わりにしても大丈夫？」

「はっ、はひっ、大丈夫ですっ。というかっ、終わらせてください！」

エマーベルが息も絶え絶えに言ったので、アイラはルインに向かって大声を出した。

「ルインッ、もうそろそろ良さそう！」

「む、そうか」

ルインは四つ足を地面にめり込ませて急停止した。

走るのをやめたルインは巨大な火球から元通りの巨大モフモフに戻り、アイラも速度を緩める。

ココラータたちはルインが追ってこなくなったことにまだ気がついていないのか、それとも気がついているが一刻も早くルインから離れたいのか、未だに全力疾走し続けている。いくつかの実を落っことしながらだんだん遠ざかるココラータを見送り、接地して割れてしまった木の実を眺めつつ、アイラはその場に立ち尽くしていた。

「ゼェ……ゼェ……や、やっと終わった……カハッ」

「死ぬかと思ったよぅ……」

「こんなに走ったの久々だぜ……」

石匣の手の三人は追いつくなり地面にうずくまってしまった。

額から汗をびっしょり流しているエマーベルが、涼しげな顔で立つアイラとルインを見上げてくる。

「アイラさんたちは……何で平気そうなんですか」

「んん？　走るのは慣れっこだから？」

「慣れっこ……アイラさんって、料理人なんですよね？」

「そうだよ」

「料理人って……走るの慣れてるんですか……」

「言うなよ、エマ。二級冒険者だぜ」

「そうよぅ。常識じゃ計り知れないのよ」

「……そうでしたね……そう……」

エマーベルは、埋められない格差を感じ取ったかのようにガックリと肩を落とした。

四人と一頭はしばしの休息を取ることにした。

アイラは周囲に結界を張り、敵からの侵入を防ぐ。水魔法の結界なのでヒンヤリしていて気持ちがいい。ついでに新鮮な水を魔法で出してみんなに配った。走った後の冷たい水はとても美味しい。全員無言でガブガブと飲んだ。

アイラはココラータの実がぎっしり詰まった袋を引き寄せ、抱え込んですりすりと頬擦りをした。アイラの奇行にシェリーがひきつった声を出す。

「な、何してるんですかぁ？」

「ここに世にも美味しい甘味が大量に入っているかと思うと、愛《いと》しくて仕方がなくってね……！」

「そ、そうですかぁ……さすが料理人ですね……」

「あー、何の料理にしよっかな。っていうか、まずは味だよね、味」

こうして手に入れると、一体どんな味なのか気になってしまう。アイラはうずうずした。料理

人としての性《さが》と、美味しいものが好きな生来の気質とが合わさって、我慢できなくなった。袋に頬擦りするのを止めて、ルインと石匣の手のメンバーに提案してみる。

「ねー、せっかくだから一個割って食べてみようよ」

「それはいいな。苦労して手に入れたんだから早く食べてみたい」

「だよね。じゃあ、早速」

アイラの提案にルインが二つ返事で乗っかったので、アイラはいそいそと袋を開けて中身を見た。

拳ふたつ分の大きさの木の実がパンッパンに詰まっている。よくみると木の実は二色あった。薄茶色と濃い茶色だ。何か違いがあるのだろうか。アイラは首を傾げつつ、ひとまず薄茶色の方を割って食べてみることにした。

外殻は、びっくりするくらい脆くて繊細だった。

その辺の石を拾って叩くとあっという間にヒビが入る。鶏卵くらいの手応えだった。殻自体も薄く、パリパリと慎重に手でむしって穴を空ける。すると、えも言えぬ香りが漂ってきた。

「なんかすっごい甘い匂いがするね」

「嗅いだことのないタイプのものだな」

「めっちゃいい匂い」

アイラとルインは身を寄せ合い、中身をスンスンと嗅いでみた。

甘い。

甘さのみを煮詰めて凝縮したかのような、何だかやたらに濃厚な甘い香りが漂ってくる。一体どんな匂いなのかと聞かれると答えに困るが、木の実が甘くなったような香り、とでも言えばいいのだろうか。甘さの中に香ばしさも混ざっている、ずっと嗅いでいたくなる香りだ。

「どれどれ」

持参していたスプーンを突っ込んで、中のどろっとした茶色い液体をすくい取ってみる。石匣の手のメンバーもアイラの動向に興味を示し、注意深くこちらを見守っていた。ココラータの液体をぺろりと舐めてみると――アイラの全身に、衝撃が走った。

今までに食べたものとは違う、一線を画す味わいだった。

甘い。

けれど、ただ甘いだけじゃない。砂糖を煮詰めてカラメルにしたものや、樹液の甘さ、果物の甘みなんかとも違う。

これはもっと――濃厚な味だった。

香り同様木の実の香ばしい味わいがしっかり残りつつ、独特の強烈な甘みが口の中に広がる。嫌な感じは全くしない。むしろ、もっと食べたいと思わせる味だった。

「どうだ？」

「美味しい！」

ルインの問いに即座に答え、もう一度スプーンを突っ込みすくって食べた。

美味しい。

すっごく濃い甘いドリンクを飲んでいるかのようだ。

めっちゃ美味しい。

「え、なにこれ。この世にこんなにも甘く芳醇で美味しい食べ物があったなんて……！」

「アイラ、オレにもくれっ」

「いいよ」

アイラはふがふがするルインのために、中身をこれまた持参していた皿に分けてあげた。真っ赤な舌でペロリと舐める。するとルインの表情が変わった。

「うっ、美味ぃ！　何だこの食べ物は！」

「でしょ？　めちゃくちゃ甘くて美味しいでしょ」

「舌がとろけそうだ！」

「いくらでも食べられるよね！」

ルインとアイラが会話しながらも一心不乱にココラータの実をすくって食べていると、石匣の手のメンバーが相談をし出した。

「俺たちも食べないか？」

「食べたぁい」

「そうですね……たくさんあるし、一つだけなら」

そうして殻を割って中身を指ですくってぱくっと食べる三人。動きが一瞬固まって、その後各々叫び出した。

「うっっま！」

「あまーい！　おいしい！」

「これは味わったことのないものですね……！」

三人は一心不乱に、半ば奪い合うようにしてココラータを食べ始める。

「ねーせっかくだから、こっちの色がちょっと違う方の木の実も割ってみようよ」

「うむ、そうしよう」

アイラが濃茶の木の実を手にとって石をぶつけてコンコンパカッと割ると、こちらも先ほどの薄茶のものと同じように見えた。すくって食べると、味も一緒だ。ルインも首を傾げる。

「違いはないのか？」

「あっ待って。お皿に出したやつがなんか固まってきたよ」

「ぬ、本当だな」

ルインが食べやすいように木皿にうつした液体が、みるみる固まっていく。

「空気に触れると固まるタイプみたいだね」

「面白いな」

「こっちの方が手に持って食べやすいね」

ルインがびろーんと横に広がって固まったココラータを前足で持ち上げてかじると、パキッといい音がした。

「こちらも美味ぃ」

石匣の手の三人も結構食べていた。周囲に殻が飛び散っている。特にシェリーがかなりの食いつきの良さだった。まさに至福といった表情で口の周りについた液体をペロリと舐めている。

ひとしきり味見をしたあとも、シェリーはまだ名残惜《なごり》しそうだった。

「美味しかったですねぇ、アイラさんっ？」

「うん。料理のしがいがある味だったし！　じゃあ、休憩もとれたことだし早速帰って料理をしよう」

アイラの合図に合わせて立ち上がる。しかし、まだそれほど進んでいないうちにアイラとルインは立ち止まった。

「どうしたんですか？」

「なんか来る」

「ぇ……なにも感じませんけどぉ」

「すっごい速さで近づいてきてる」

アイラが西の方角を見つめると、次の瞬間、そこにひと組の男女が立っていた。

見ただけで只者《ただもの》ではないとわかった。走ってきたのかなんなのかわからないが移動速度がおかしいくらい速く、気づいた時にはそこにいた。そんな速さで来た割には息一つ乱れていない。

二人ともアイラとあまり変わらない年齢に見える。青年は濃紺のシャツに、センタープレスの入ったズボンを穿《は》いており、膝裏まで届く長い白衣のようなものを翻し、革靴を履いていた。

右手の薬指には指輪が嵌まっている。色素の薄い髪は滑らかに整えられ、顔立ちは整っているが冷淡な印象を与える。微笑みのかけらさえ浮かべない表情で、アイラたちのことをさして興味なさそうに見つめていた。

一方で女の方は興味を隠しきれない様子でこちらを見ている。珍しいピンクブロンドの髪は長く艶やかで、シェリーのようにツインテールにしている。髪と同じピンク色の瞳は大きく、頬がほんのり色づき、唇はさくらんぼのように瑞々しい。赤いチェックのミニスカワンピースはシェリーと同じくヒラヒラしているが、素材が明らかにそこらの布ではない。おそらく貴重な植物、もしくは魔物由来の繊維でできたものだ。

女はびっくりするくらい可愛らしい声を出しながらこちらに向かって指をさした。

「やーっぱり誰かいた！　ココラータが集団で逃げてる気配を感じたから来てみたら……えーっと、赤毛の人がリーダーかな？」

「違う、シングス。背後の三人は『石匣の手』という三級冒険者パーティで、あと一人〈斥候〉のクルトンという人物がいたはずだ。現在治療中という報告を受けている。赤毛の冒険者は、一昨日《おととい》バベルに来て冒険者登録したばかりのアイラ・シーカーという二級冒険者だ」

「あ、そうなんだ？　さっすがお兄！　よく知ってる〜」

女は男を「お兄」と呼び、コロコロ屈託のない笑みを浮かべた。

背後の石匣の手のメンバーが息を呑んだ。

「ま、まさか……イリアス様とシングス様……⁉」

「だれ？」

アイラが振り向いて首を傾げると、シェリーが慌てて早口で説明してくれた。

「バベルを統治するフィルムディアご一族のお二人ですぅ！　ほら、さっき私が説明した、伝説の〈アイドル〉冒険者のぉ！」

「あーそういえば言ってたね、そんなこと」

ココラータを追いかけているうちにすっかり頭から消えてしまっていた。

三人がその場に膝を突き頭を垂らすのを尻目に、アイラとルインは畏《かしこ》まらずに堂々と立ったまま見つめていた。

「んーと、何か用事？」

「ううん、なにも。でも、私もバベルにいるセイアお兄様もココラータが大好物だから」

「あげないよ？」

「もらおうなんて思ってないから大丈夫。自分で取れるモン」

「だと思った。明らかに強者感漂ってるもんね」

「わかる?」

「わかるわかる」

「な、なんで意気投合してるんですかぁ……」

アイラがシングスと会話をしていると、後ろからシェリーのひきつった声が聞こえてきた。

一方のイリアスの方はじっとルインを見つめていた。権力者に見つめられても一顧だにしないルインは、あくびをして後ろ足で耳を掻いていた。早く帰りたいなーと言わんばかりの態度のルインに、イリアスが口を開く。

「君は火狐族だろう」

「そうだが」

「生き残りは一頭だけだと報告を受けていた」

「オレがその一頭だ」

「シーカーさんと行動を共にしているはずでは?」

「!」

イリアスの言葉に、アイラは水色の瞳を見開いた。

「ねえ、シーカーのこと知ってるの?」

しかしイリアスはアイラには取り合わず、ルインを見つめたままだ。

「訳あって今はアイラと共にいる」

イリアスはそこで視線をルインからアイラに移動させた。冷涼さはそのままに、観察するかの様に目をすがめる。まるで研究者が興味深い研究対象を見つけたかの様な目つきだった。

「なるほど。『拾いもの』が増えていたのか。だったらその強さも納得だ。全くあの人らしい」

「シーカーの知り合い？　あたしが戦ってるとこ、見たことあるの？」

アイラの二度目の質問にも、イリアスは取り合ってくれなかった。

踵を返して森の奥に足を踏み出す。

「寄り道はもういいだろう、シングス。まだ終わっていないんだ」

「えぇー、それもうお兄一人で良くないかな？　私、行く必要ある？」

「お前の魅了魔法がないと捕まらないんだからもう少し付き合ってくれ」

「しょうがないなぁ〜」

シングスはイリアスの後についていこうと足を踏み出し、背中越しに振り向いてこちらにちょっと手を振った。ウインクを飛ばし、愛想の良さが全開だった。

二人が木立に紛れて見えなくなった途端、気配が消え去る。

「…………何だったんだろ、今の」

アイラの呟きに答えられる人間は、この中にはいなかった。

＊

ガサガサと草をかき分けながら大荷物を背負った一行が森を歩く。

「はぁ～、まさか憧れのシングス様に間近で会えるなんて……」

「やっぱ可愛いよな、シングス様」

「僕はイリアス様に会えたことの方が驚きでした」

「ねえ、あの二人ってバベルの貴族なんでしょ？　本当に冒険者なんだね。しかもめちゃ強いっぽい感じの」

「強いなんてものじゃないですよぉ！　さっきお話ししましたけどぉ、シングス様の魅了魔法の威力はハンパないんですから！」

「イリアス様もすごいんですよ。『知識の宝庫』と呼ばれていまして、バベル内の事はもとより、バベル周辺の魔物、地理、植物、気候……さまざまなことに精通しているお方です」

「ふぅん……それで君たちのこともあたしのことも知ってたんだ」

アイラは草花をかき分けながら進みつつ考えた。あの学者然とした青年の言葉が気になって仕方がない。

「ねールイン。シーカーがバベルのこと話してるの聞いたことない？」

「ない。だが、そういえば旅の途中に時々手紙を書いていた」

「手紙……あたしは書いてるの見たことないや」

「大体、アイラが寝た後に書いていた。書いたら転送魔法でどこかに送っていた」

「転送魔法で……じゃあ、もしかしたら、あのイリアス様って人に送っていた可能性も？」

「大いにあるな」

魔物の気配に気をつけつつ進むが、幸い近くに強力な魔物はいなさそうだった。戦闘になった場合すぐに動ける様、ルインに荷物の全てを任せ、アイラは手ぶらだった。何かあった時戦える人間の手は多いに越したことはないので、石匣の手のメンバーの荷物も半分ルインが持っている。ルインの背中と両脇腹にはこれでもかとココラータの木の実が山積みにされていたが、ルインは力持ちなのでこれしきの荷物量で音を上げたりなどしない。

「そもそもシーカーって何で旅してんだろうね」

「この世の真理を求めているって言っていたぞ」

「どういう意味だろ？」

「さあ、オレにはさっぱりわからない。あと、オレのような存在を時々拾っているらしい」

「孤児をってこと？」

「そうだ」

「それであたしを拾ってくれたのかなぁ」

シーカーと五年旅をしていたアイラだが、彼個人のことについて聞いたことはほとんどなかった。喋ることといえば、魔法のこと、魔物のこと、植物のこと。そんな感じだ。

「案外、そのシーカーって人が、始まりの冒険者かもしれないぜ？」

背後のノルディッシュに話しかけられアイラは振り向いた。彼は腰にココラータの詰まった袋をぶら下げており、歩くたびにカコカコ音がする。

「まさか」

「いやいや、噂によると始まりの冒険者シーカーは不老長寿の種族で、未だにこの世界をあちこち旅して回っているって話だ」

ノルディッシュの言葉にアイラはちょっと笑ってから、口元に笑みを残したまま固まった。

確かに、シーカーの種族はおそらく人間ではなかった。

尖った耳は長命種エルフの証拠だが、そもそもそんな種族、本当にいるのかどうか定かではない。絵本に出てくる夢物語のレベルだ。

だいたい、もしもシーカーがエルフだとしたら、冒険者なんてやってるかな？　と疑わしい。エルフというのは女神ユグドラシル様の恩恵を最も受けている種族で、世界樹の中にひっそり住んでいるという話だ。危険しかない外に飛び出し冒険者をやるなんて、正気の沙汰ではないだろう。

「まあ、何でもいっか」

アイラは思考を放棄した。

「いいんだ？」

「うん、いいのいいの」

シーカーはシーカーだし、誰がどうでもいいや。そのうち会えるって言ってたから、会えた時に聞けばいいや。

「とりあえず、帰ってからのココラータの調理が楽しみ～」

ルインの背中に大量にくくりつけられた木の実を見て、アイラはニンマリと笑みを浮かべた。

5 特製カラフルベリーのココラータがけ

「もうバベルですか」

「あっという間だったねえ」

「アイラさんとルインさんのおかげで道中の危険が全然なくて楽だったな」

「ついでにお肉もゲットできてよかったよ。やーみんながいるおかげで食べられるお肉がどれなのかわかって大助かりだった。ね、ルイン」

「うむ。やはり肉を食べないと力が出ないからな」

「肉ではなく、ジャッカロープという名前の魔物で……」

「なるほど、ジャッカロープっていう名前のお肉ね！」

「あ……まあ、アイラさんたちがそう言うなら、それでも構いませんが……」

お肉、お肉！　と言いながらアイラたちはご機嫌で歩く。スキップせんばかりの勢いだ。

エマーベルはもはや、訂正を諦めた面持ちであった。

ココラータを追いかけて結構森の奥深くに入り込んでいたため、バベルまで戻るのに半日ほどかかってしまった。往復を考えると、丸一日森に潜っていたことになる。

門兵にギルド発行のカードを見せて身分を提示した後、門から扉へと入る。

巨大な袋をえっちらおっちら担ぎながらエマーベルがアイラの方を向いた。

「アイラさんもギルドへ行って早速素材換金しますか？」

「んーん。これは自分たちで使うから、今日は換金しない」

「え……この量を？」

エマーベルはルインにくくりつけてある、パンパンに膨らんだ五つのルペナ袋を眺めた。

「そう、この量を」

「全部ですか」

「全部」

「……そうですか……」

信じられない、と言いたげな顔をしていたが、無理やり己を納得させたらしいエマーベルは、気を取り直して転移魔法陣に乗り込む。バベル内部二十一階にあるギルド本部の前まで行くと、石匣の手の三人が丁寧に頭を下げてきた。

「では我々はココラータの換金に行きますので、ここで失礼いたします。本当に感謝しかありません」

「ありがとうございましたぁ！」

「助かったぜ！」

「こっちこそ、探索に付き合ってくれてありがとー！　また機会があればよろしく！」

アイラは三人に手を振って気軽な別れの言葉を告げると、さらなる転移魔法陣に乗って上階を目指すべくここで別れた。

「さーて、やっとスイーツ作りだ！」

「なにを作るつもりなんだ？」

「ふっふっふー、それはねー、作ってからのお楽しみ！」

アイラは人差し指をチッチッチと左右に振ってルインに言った。

「でも今日作るのはスイーツだから、その前にお腹膨らませておこーっと」

「それはいい考えだ」

アイラたちは一度部屋に戻り、とりあえずココラータの木の実を全部保管すると、市場のある階へと降りていく。そこで今日はふくらし粉とミルク、粗ごし糖、卵を買った。

ふくらし粉はトロナ鉱石という石を加工して作ったもので、ミルクはバターと同じくセンティコアのもの。

粗ごし糖は精製した砂糖の搾りかすみたいなもので、安い分色が茶色く粒が大きめで溶けにくいのだが、十分料理に使える。

必要な材料を買ったらもう一度部屋に戻って、昨日採取したカラフルベリーの袋と、まだ残っていたアル粉の袋、ココラータ、それから帰り道に狩ったウサギみたいな見た目の魔物、ジャッカロープを持って共同キッチンに降りて行った。

「じゃあとりあえず、このジャッカロープを肉に変えちゃおーっと」

ジャッカロープは、何だか変な魔物だった。

見た目は二本のツノが生えたウサギなのだが、身の丈はアイラの腰ほどもあり、耳を振り回すと超音波的なものが発生して頭が痛くなる。そしてこちらが足を止めている隙に跳ねるようにして逃げていくのだ。

モフモのように体全体でぼふんぼふんと跳ねるのではなく、二本の足でビョンビョンと跳ねていた。ツノが二本も生えているのにそれで攻撃してくることはなく、逃げの一手だ。

普段なら放置するような魔物だが、ノルディッシュに「あれ美味いやつだ！」と言われたので俄然やる気を出して捕獲した。ジタバタ暴れるジャッカロープの脳天に踵落《かかとお》としをお見舞いして気絶させた。もう一匹いたのだが、それはシェリーの魅了魔法にあてられていた。

「こんだけおっきいと一匹だけでも食べがいあるね」

「うむ」

ルインはアイラがジャッカロープを捌《さば》いているのを、目を輝かせながら見つめている。

「ウサギの肉は臭みがあるけど、これはどうなんだろ」

「そいつもあるぞ。まあ、食えないほどじゃないが」

アイラが肉を調理しながら呟いた独り言に、誰かが反応を示してくれた。見上げると、髭《ひげ》モジャの冒険者がいた。

「嬢ちゃん、一昨日くらいから面白いモンいっぱい作ってるよな。ジャッカロープならミルクで煮込むのが一番食べやすいぜ。ハーブ系魔物のローズマリィなんかと一緒に煮込むとなおいいんだが」

「あー、ハーブ系魔物、ここにもいるんだね」

「いっぱいいる。オレガノドンやらミントスライム、クレソンマイル、シブレット、タラゴン、マーシュロット……」

「オレガノドンは知ってるけど、あとは知らないや」

「この辺り独自の魔物だろうなぁ。どれもこれも捕獲は困難だが、味は美味ぃ」

アイラはジャッカロープの皮をベリベリ剥がしながらも、ハーブ系魔物はどんなだろうと想像にふける。

魔物というのはさまざまな系統に分類分けされる。

飛行系、水棲《すいせい》系、ブレス系……。

その中でもアイラが特に好きなのがハーブ系と呼ばれる魔物だ。彼らは特殊な葉っぱが体から生えていて、その葉っぱが料理にとても役立つのだ。肉にすり込めば臭み取りになるし、一緒に煮込むと風味づけになる。見つけたら葉っぱを根こそぎ抜き取って保存しておくべしというのがアイラの信条だった。

「ミントスライムはわんさかいるぞ。弱いからあっという間に捕まえられる。ローズマリィは一見すると人間の女に間違える様な見た目をしていて、歌声で人を惑わすから注意が必要だ」

髭モジャ冒険者は親切に色々と教えてくれた。アイラにとってはどれもこれも非常に有益な情報だ。肉を調理しながらフンフンと頷く。

「色々とありがとう。お礼にカラフルベリーでもどう？」

「おっ、いいのか？」

「いいのいいの。いっぱいあるし」

「じゃあ青いやつをもらってくぜ。ありがとよ！」

ベリーを五、六個手渡すと、髭モジャは爽やかに手を振って去って行った。

髭モジャ冒険者の助言通り、アイラはジャッカロープの肉をミルク煮込みにした。とろっとしたセンティコアのミルクに肉の旨味が溶け出して、お腹に溜まる一品だ。

「次はパンケーキを焼こうっと」

アイラはパンケーキの材料を入れて混ぜていく。アル粉、トロナ鉱石の粉末、センティコアのミルクに粗ごし糖、卵。これらをぐるぐる混ぜて生地にし、大きなスプーンですくってフライパンの上に流し入れる。弱火で焦げ付かない様に注意深く見守る。表面がふつふつしたらひっくり返す。だんだんと生地の焼けるいい匂いが漂ってきた。空腹を耐えつつ料理をする。ふっくらとしてきつね色に焼けたら完成だ。

「よし……完成！『ジャッカロープのミルク煮込み』と『ふっくら食事パンケーキ』！ルイン、できたよ」

「む」

前足に顎を乗せて寝そべっていたルインはアイラの言葉に耳をピクッとさせ、緩慢な動作で顎を持ち上げて鼻をヒクヒクとさせた。お皿を顔の近くに置いてあげると、フガフガと食べ出す。

「おっ、まろやかで美味いな」

「どれどれ……あっ本当だ。おいしー」

アイラも今しがた作ったばかりの料理を食べる。

それはそれはまろやかでコクのある、なかなか美味な煮込み料理になっていた。確かに臭みは多少あるが、これしきならばアイラにとって全く問題になどならない。もっとひどい肉だっていっぱい食べたことがある。

アイラはパクパクとジャッカロープのミルク煮込みを食べてから、パンケーキへと取り掛かる。

こちらは間違いのない味だ。

素朴なアル粉の味が感じられる、甘さ控えめの食事にぴったりなパンケーキ。トロナ鉱石の粉末を混ぜることでふっくらふくらむので、口当たりがいい。

「ミルク煮込み、おかわりだ」

「はいはい、オッケー。ついでにあたしもおかわりしようっと」

鍋いっぱいに作ったジャッカロープのミルク煮込みは、あっという間に空になってしまう。

たらふく食べたが、もうこれでおしまいとはならない。

むしろここからが本番だ。

「腹ごしらえが済んだところで、本題のスイーツを作ろう！」

「うむ、楽しみに待っている」

そう言うなり、ルインは二度寝を決め込んだ。

作るものは決めてある。

まず、昨日大量に収穫したカラフルベリーを洗って巨大なボウルの中へと色別に入れておく。

それから次に、濃茶色の殻のココラータを割って、中身を別のボウルへと注ぎ込んだ。

そこにベリーを投入し、全体に満遍なく液体がつくようにコロコロと転がす。

空気に触れるとあっという間に乾いて硬くなってしまうので素早く作業することが大切だ。コーティングが済んだココラータは、平皿にどんどん並べていく。これをひたすら繰り返した。

ココラータの甘い香りがキッチン中に満ち溢れ、寝ていたはずのルインが目を開けた。フンフンと鼻を動かしながらキッチン台に足をかけ、赤い瞳で興味深そうに覗き込んでくる。

「何を作っているんだ？」

「できてからの、お楽しみ〜」

アイラは弾む口調でそう言いながらせっせと作業を続けた。

濃い甘い香りに包まれながら、赤、青、緑、茶色の各色のベリー百個ずつ、合計で四百個のカラフルベリーと、二百個のココラータを割って作り上げたのは……。

「できた！『カラフルベリーのココラータがけ』！」

「おぉ！」

アイラがじゃーん！と出来上がったばかりのスイーツの紹介をする。

空気に触れて固まった、艶やかな茶色いココラータを纏ったカラフルベリー。

さながら宝石のように輝くベリーを前にして、ルインが尻尾をちぎれんばかりに振りながら叫んだ。

「絶対美味いやつ！」

「そう！　絶対美味しいやつ！」

アイラはルインの皿に赤いカラフルベリーの実を十個ほど置き、自分でも一粒、食べてみた。

硬いココラータがパキッと割れ、濃厚なココラータの味わいが口いっぱいに広がる。かと思

えば、ジューシーなカラフルベリーの酸味と果物の爽やかな甘みが後からきて、それが口の中をさっぱりとさせてくれた。

「～～美味しぃ!!」

「うむ、美味ぃな!!」

まさに至福。

まさに絶品。

天上の如き美味しさに、「森に潜った甲斐《かい》があったー!」とアイラは叫んだ。

「……わあ、本当にココラータもカラフルベリーも料理したんですね」

「あ、エマーベル君」

アイラとルインが今しがた出来上がったばかりのスイーツを堪能していると、エマーベル、ノルディッシュ、シェリーの三人が共同キッチンに入ってきた。

「素材換金終わったの?」

「はい。いいお金に換わりました。おかげさまで今日の夕食は、酒場でちょっといい肉を食べることができましたよ」

「それはよかったねえ。お肉食べないと力でないからね」

「アイラさんはぁ、この大量のカラフルベリー、どうするつもりなんですかぁ？」

「よくぞ聞いてくれました！　これはね、バベルで暮らす子供たちにプレゼントするんだ」

アイラが言うと石匣の手のメンバーのみならず、その場にいた冒険者たちもギョッとした。ノルディッシュが引き攣った声を出す。

「……子供たちに、だと⁉」

「うん」

「こんな高級な材料を使って作った菓子を、ですか？」

「そう」

「あのう……さっき、シングス様にはあげないって言ったのにぃ、どうして子供たちにはプレゼントするんですかぁ？」

「あの人たちは自分でも採れるでしょ？　でも子供たちはそうはいかないから、あげるの」

シェリーは全く理解ができないといった面持ちで首を横に捻《ひね》っている。エマーベル、ノルディッシュにしても同様だ。

「失礼ですが……そのプレゼントに何の意味があるんですか？　あまり、得になる様な気はしないのですが……」

「え？　だって、子供の時に大人になんかしてもらえたら、嬉しいでしょ？」

「嬉しい、ですか？」

「そう。あたしは子供の時、周りの大人からたまにご褒美もらえると嬉しかったし、やる気が出たからさ。ここの子たちもなかなか苦労してそうだし、たまには美味しいものでももらったら嬉しいんじゃないかなーって」

アイラは、自慢ではないが、あまり良い幼少期を送っていない。村を魔物に焼き尽くされ、親と一緒に放浪を余儀なくされ、挙句に両親は旅の途中で死んでしまった。

ただ、その後に出会ったシーカーは、身寄りのないアイラを拾って育ててくれた。

旅の最中に美味しいものがあれば教えてくれたし、分けてもくれた。たまに採れる甘い果物、珍しい木の実、街に寄った時に買ってくれた焼き菓子の味などは、幼少期のアイラの胸に刻まれた特別大切な思い出だ。ダストクレストの人々もアイラに面白い料理を教えてくれて、振る舞ってくれた。

「これ食べなよ。子供はいっぱい食べて大きくならないと」と言ってシーカーが差し出してくれた食べ物の数々は空腹にうめいていたアイラにとってとてもありがたいものだったし、「これ俺が作った料理なんだ、食べてくれ！」と言ってダストクレストの住民がこぞって食べさせてくれた料理はどれもアイラの胃袋に染み込んだ。

満腹になればそれでおしまいというわけではなく、そうした食べ物たちはアイラの心の奥深くに根付いて、忘れられない大切な思い出の味となっている。

「だからさ、損得とかじゃなくって、あげるんだよ」

アイラはそう言って、にっと口の端を持ち上げて笑う。

石匣の手のメンバーを筆頭にその場にいた冒険者たちは呆気《あっけ》に取られた顔をして、後片付けをしてから部屋に引っ込んでいくアイラを見つめていた。

*

明けて翌日。

まだ日が昇るか昇らないかのうちに起き出したアイラは、昨日作った大量のスイーツを持って四十階まで降りて行った。大した距離ではないので、階段だ。

ルインを連れてのしのしと階段を下りていく。まだ明け方のせいか、誰にも出会わずに四十階に到達した。

階段からすぐアイラが使っている共同キッチンと似た様な造りの場所に出た。そこではもうすでに、起き出している子供たちが朝食を取っているところだった。

「あれー？　アイラさんだ」

まず最初にアイラに気がついたのは、階段からほど近い場所にある長テーブルで食事をしていたモカだった。今日も赤いエプロンワンピースを身につけているモカは、スプーンを動かしていた手を止めて不思議そうな顔でアイラを見つめる。

「どうしたの？　酒場と場所間違えたの？」

「んーん、ここに用事があったの」

アイラが巨大な皿を器用にバランスをとりながら運んでいるのを、他の子供たちも興味津々で見つめ出す。もしかしたら四百個ものカラフルベリーが発する甘い香りに気がついたせいかもしれない。子供たちの視線が一斉に集中するのを感じつつ、アイラは誰か大人がいないかと周囲を見渡す。

すると、ロッツがキッチンに立っているのが目に留まった。

「ロッツさーん」

「おや、アイラさんじゃないか。どうしたんだい」

「これ、子供たちにおやつ」

「え⁉　……これを⁉」

「そう」

アイラはキッチンの長いカウンターに持参した皿をどどんと置いた。

「カラフルベリーのココラータがけ」

「そんな貴重なものを、こんなにたくさん⁉」

ロッツが目を剥いて叫んだが、アイラは「うん」とアッサリ頷いた。

「失礼だが……なぜ、こんなにもたくさんの貴重な食材を子供たちにあげようと思ったんだ？」

「大した理由はないよ。朝から晩まで頑張ってる子供たちに、ご褒美をあげたいなと思っただけ」

「しかし……」

戸惑うロッツにくるりと背を向け、アイラは食堂中の子供たちに向かって大声をだした。

「おーい、お姉さんから特別プレゼント！　カラフルベリーのココラータがけを一人一個ずつあげちゃうよ！」

この声に子供たちは目の色を変えた。

「えっ、いいの⁉」「よっしゃあああ！」「やったあああ！」という喜びの声とともに、カウンターに子供たちが殺到する。アイラは手を叩いて声を張り上げた。

「はいはい、いっぱいあるから押さないで順番にね！　赤青緑茶、全部あるから欲しい色のを取って行って！」

子供たちは押し合いへし合いしながら一列に並び、自分の欲しい色のベリーを取っていく。よほど待ちきれないのか、手にした瞬間口の中へと消えて行って、「甘《あめ》えええ！」「なにこれ、美味しい！」「こんな美味しいもの、初めて食べた！」と絶叫している。

食堂は唐突に大騒ぎになった。

ルインに興味を示す子もたくさんいる。「触っていい？」と聞かれ、ルインが「ちょっとならな」と言ったので、「え、喋った」「喋る従魔はじめて見た」などと言いながら、遠巻きにおっかなびっくり見つめている。

ロッツは子供たちのはしゃぎようを呆然《ぼうぜん》としながら見つめていた。

「……こんな貴重なものを、わざわざありがとう」

「いいっていいって。別に恩を売りつけようとしてるわけじゃないし。あたしがやりたかっただけだから」

「この料理は君が作ったのか」

「そうだよ。共同キッチンでパパッと」

「見たことのない料理だ」

「まあ、料理ってほどでもないけどね。カラフルベリーにココラータかけたら美味しいかな？って思っただけだし」

「そんな風にアイデアを出して実践するとは……君は、根っからの料理人なんだな」

「そうだよ。あれ、前に言わなかったっけ？　ん？　……言ってなかったっけ？」

人差し指をこめかみに当てて記憶をたぐるアイラ。

「ま、いっかどっちでも。固まらないタイプの方はさ、センティコアのミルクに混ぜたら美味しそうだなって思ったんだよね。ホットミルクにココラータを混ぜるの！　どう？」

「ああ。確かにそれは美味しそうだ」

「でしょでしょ？　早速今日の朝ごはん用に作ろっと」

ロッツはくすりと笑った。

子供たち全員にスイーツが行き渡ったようだが、まだ残っている。

「子供たちってこれで全員？」

「いや、夜番の子が寝ていたり、朝番の子がもう働きに出たりしている」

「そしたらこれ、悪いんだけどその子たちにも渡しておいてくれる？」

アイラは残っているスイーツをロッツに押しやった。

「わかった。しっかりと渡しておく」

「ん。ありがと。じゃーあたしもお腹すいたから、行くね！」

「今度酒場でサービスするよ。オーブンも使いたかったらいつでも言ってくれ」

「あ、ほんと？　助かるわ。ルイン、行こっか」

「うむ」

子供たちにもしゃもしゃ触られていたルインがのそりと動き出す。すると子供たちがアイラの元へ駆け寄ってきた。

「あの……ありがとうございます」

「アタシもお姉ちゃんみたいに、立派な大人になる！」

「僕も！」

「俺も！」

口の端にココラータがついたままの子供たちに憧れの眼差しで見つめられたアイラは、にーっと笑って小さな頭をぽんぽん撫でた。

「頑張んなね！　みんなならぜーったい、あたしよりもっとすごい大人になれるからさ！」

背中に子供たちからの「ありがとう！」の大合唱を受けながら、アイラは四十階を後にした。

「いいことしたな、アイラ」

「うん。やっぱ子供は笑顔が一番だよね！」

グーッと伸びをしたアイラは、階段を上りながら頷いた。

朝からいい気分になった。

「さーて、じゃ、あたしたちも朝食にしよっか！」

「うむ！」

今日はなにをしようか。

ギルドで情報を集めて、また森に潜ってもいい。それとも市場を見回って、珍しい食材を買ってから料理するのもいいかもしれない。

時間はたくさんあるのだから、のんびりやればいいのだ。

なにしろバベルに来たばかりで、今日という一日はまだ始まったばかりなのだから。

Exquisite!

カラフルベリーのココラータがけ

色とりどりのベリーにココラータをかけたスイーツ。カラフルベリーの爽やかな果汁とココラータの濃厚な甘さが相性抜群で、天にも昇る味わい。

エピローグ

大公一族とアイラ、それぞれの朝

The exquisite gourmet life of a hungry chef who goes with fluffy.

1

バベルの最高階層、百階のテラスに三人の人間が集まっていた。

都市を統べる一族――フィルムディア一族の人間が朝食のためにテーブルを共にしているのだ。

海に面したこの場所で、高層階からの眺めに感動するわけでもなく、シングス・フィルムディアは桃色の髪を弄《もてあそ》びながら小さなあくびをした。

それを見た、向かいに座っていた薄い緑の髪を背中まで伸ばしている青年は面白そうに笑いを漏らす。髪と同じく、緑色の衣服を纏っていた。青年の細いが程よく筋肉のついた引き締まった体のラインに沿う様な、動きの邪魔をしないデザインの服だった。

「天下の〈アイドル〉、シングスの無防備な姿が見られるとは貴重だな」

「……だって眠いのよ……昨日、お兄に遅くまで研究に付き合わされたからぁ」

そうしてシングスが髪と同じ桃色の瞳でチラリと隣に座るイリアスを見れば、彼の方は眠気など感じさせない実に涼やかな佇まいで紅茶を飲んでいた。

「おかげさまで良い研究結果が得られた」

向かいに座る緑の青年は、自身の紅茶に角砂糖を三つも入れてスプーンでかき混ぜる。シングスが小さく「うわっ」と声を漏らした。

「セイアお兄様、相変わらず甘党……」

「今日は体を動かす予定なんだ。糖分摂取は必要不可欠だろう？　それにねシングス、私のことはオデュッセイアお兄様と呼ぶようにいつも言っているだろう。何だいその変な愛称は」

「親しみを込めて呼んでいるのよ？　そうやってファンと距離を縮めるのも、〈アイドル〉として愛されるための大切な要素なんだから」

「私は君のファンではなく兄だが」

「いいじゃない。まずは身内からよ」

なにを言っても無駄だと思ったのか、オデュッセイアは苦笑を浮かべてからカップを持ち上げる。角砂糖三つが入った紅茶を美味しそうに口に含んでから、長いまつげに縁取られたエメラルド色の瞳をイリアスへ向けた。

「昨日はどうだった？」

「森林の奥にいるスプリガンの調査を丸一日。シングスの魅了魔法のおかげで随分と研究がはかどりました」

スプリガンは妖精の一種だが、見た目は可愛らしさのかけらもない。彼らは醜く、凶暴だ。巨人の幽霊であるともされ、ギリワディ大森林の奥深くに住む彼らは縄張りを離れず、一度立ち入ったものを決して許しはしない。

「で、なにを守っているのか突き止めたかい？」

「いえ」

オデュッセイアの言葉に、ストレートの紅茶を楽しんでいたイリアスは首を横に振った。

「ただ、見当はつきます。木の虚《うろ》に保管されているのは、女神ユグドラシルに関連するものでしょう」

世界を創り、世界を統べるユグドラシルは人だけでなく魔物も愛している。女神からの宝をスプリガンたちは守っているのだろう――というのがイリアスの見解だ。

「へえ。まあ、彼らから愛する女神様の宝を取り上げるわけにはいかないだろう」

「私の魅了魔法でもそれは無理そうだったから、当分他の冒険者に盗《と》られる心配もないと思うよ」

シングスは給仕係が運んできてくれた飲み物を受け取りながら言った。二人と異なり、シングスの飲み物は薄茶色のとろりとしたものだった。数個のマシュマロが浮かんでいる。それを一口コクリと飲むと、シングスはその愛らしい顔立ちに至福の表情を浮かべる。

「んんーっ、ココラータ入りのミルクはやっぱり美味しいわ」

「珍しいな、ココラータを飲むなんて」

「昨日見かけて、久々に飲みたくなったの。この甘さ、癖になるよね」

シングスはスプーンを手に、マシュマロをひとつすくって頬張る。さくらんぼの様な唇が綻び、とろける様な表情を浮かべた。

「おいし……」

イリアスが色素の薄い瞳でココラータ入りのミルクとシングスの顔を見、思い出したように付け加える。

「ココラータといえば……昨日、シングスが面白い冒険者を発見しました。先日バベルに来たばかり。初日にジャイアントドラゴンを単身討伐して二級冒険者に登録したアイラ・シーカー。……どうやらシーカーさんと縁がありそうな人物です」

「シーカー殿と？」

「はい。以前報告を受けた、火狐族の生き残りと共にいました」

「へぇ……彼が人間を助けるなんて、珍しい。初めてのことじゃないか」

「ええ。最も彼女はシーカーさんのことについて、なに一つ理解していなさそうでしたが」

「でも実力はある感じだったよね。ココラータをすごいいっぱい収穫してたの。きっと今日は市場でココラータがたくさん売られているわ。あれだけたくさんあれば余剰もでるから、次の竜商隊はきっとホクホクよ」

「ジャイアントドラゴンの素材もあることだしね。にしても、そうか……シーカー殿の育てた子か」

オデュッセイアは紅茶のおかわりが注がれるのを見るともなしに見つめつつ思案に耽《ふけ》る。

「父上と母上に報告しておくべきだな」

「そういえば二人とも姿が見えないけど、どこに行ったの？」

「父上はヴェルーナ湿地帯、母上はルーメンガルドの岩窟。ついでに言えば姉上はノストイを連れてゴア砂漠へ行っている。……が、父上は後十秒でお帰りだな」

オデュッセイアの言う通り、テラスに通じる扉が開いて一人の壮年の男が入ってきた。鎧に身を包んだその男は、関節部分を軋《きし》ませながらまっすぐテーブルに近づいてきて、一際豪華な椅子に座る。少し頭を反らせてから左右に振ると、長く豊かな黒髪が鎧の上に散った。

オデュッセイアは上座に座った父に頭を下げ、イリアスとシングスもそれに倣った。

「お疲れ様です、父上」

「お父様、お待ちしておりましたぁ」

「湿地帯の様子はどうでしたか？」

「うむ。相変わらずだ。瘴気《しょうき》が満ち満ち、草木が枯れて大地が腐っている。早いところなんとかしないと、被害は広がるばかりだな」

バベルの頂点の座につく、大公——ギルガメシュ・フィルムディアその人は疲れた様にため息をつき、テーブル上に今しがた置かれた黄金酒をぐいと飲んだ。イリアスは気遣わしげに父を見ながら、おずおずと質問を口にする。

「それで、魔女は……」

「相変わらずだ。ヘルドラドをどうにかしようにも、まずはあれを説得しなければどうにもならん。だが、お前も知っての通り魔女は人の話なんぞ聞かんから、やはりどうしようもない。湿地帯の生態環境への影響がまずいな。皆、アンデッド化しはじめている」

「放置しておくと大森林や海にも広がります」

「わかっておるわ」

ギルガメシュは口髭を震わせるほど大きなため息をついた。

「かくなる上は魔女ごと討伐するしかない」

容赦のない父の言葉にシングスは眉根を寄せて唇を尖らせた。

「お父様……彼女を殺すの？　魔女は魔物じゃなくて人間よ」

「ほとんど魔物と変わらないだろう。いや、影響力を考えると、魔物よりタチが悪い」

「罪を犯したわけでもないわ。むしろ魔女は被害者よ」

「そう悠長なことを言っている場合ではないのだよ。オデュッセイア、頼まれてくれるか」

「ええ、もちろん。実を言うと、そう依頼されると思っていました」

「うむ」

気軽に引き受けた兄と父の顔を見比べ、シングスは頬を膨らませますます不快そうな顔をする。

「二人とも、人の心がなさすぎると思うわ」

「そう言うな、シングス。もう静観している時ではないのだ」

「そうだよ、シングス。我々は女神様よりバベル周辺地域の管理の使命を承っているんだ」

「一人の命より多くの平和をってワケね？」

「それが管理者たる我らの務めだ」

「ふぅん……じゃあいいわよ。そんなに言うなら、わたし、知らないから」

「どこへ行くんだ、シングス」

「どこでもわたしの勝手だわ」

「待て」

「待ちませーん」

そう言いながらシングスが席を立って軽やかな足取りでテラスの扉に向かうと、イリアスも立ち上がった。

「すみません、父上、兄上。シングスには僕から言っておきます」

そうしてパタリと閉じた扉を見つめつつ、父がため息をついた。

「……全く……お転婆に育ったものだな」

「姉上に比べれば可愛らしいものですよ」

「それは本当にそうだ」

疲れた面持ちで息を吐く父の気分転換にでもなればいいと、オデュッセイアはわざと明るい声を出した。

「ところで父上、先ほどイリアスとシングスから面白い話を聞きましてね。どうやらバベルに、シーカー殿が育てた冒険者が来ているそうです」

「なに、シーカー殿が？」

「はい。火狐とともに、色々と活躍しているそうですよ。先日はジャイアントドラゴンを討伐し、今度はココラータを大量に収穫したとか。二級冒険者のようですが、もしかしたら潜在能力はそれ以上かも」

「それは面白いな。バベル周辺のイザコザの解決に力を貸してもらえるかもしれない」

「協力を仰ぎますか？」

「ふむ……」

父は針金の様な鬚《ひげ》が生えた顎を撫でながら思案した。

おそらく父の脳裏には、長らく一族を悩ませている頭痛の種が一つずつ浮かんでいるはずだ。

たとえばそれは、ヴェルーナ湿地帯に巣食う通称【沼地の魔女】と【ヘルドラド】。

ルーメンガルドに住まう【雪原の覇者】と、岩窟を根城にしている【堕《お》ちた者】。

パルマンティア海を荒らし船乗りたちのみならず、上空を通過する竜商隊にも恐れられている【海神】。

そしてゴア砂漠最大の脅威──【砂漠の悪夢】。

どれひとつとっても簡単に解決できる事柄はなく、状況は複雑を極めている。

「まあ、人の手を借りるのは最終手段だ。まずは自分たちでなんとかする努力をするべきだろう」

「そうですね。ひとまず朝食に……カラフルベリーを載せてココラータをかけたパンケーキなどいかがです？　ホイップクリームも追加できますよ」

「お前のその甘党ぶりはなんとかならんのか。シングスが可愛く見えてくるぞ」

「体を動かす分、甘いものを取りたいじゃないですか」

「それにしたって限度というものがある。……あぁ、良い。儂《わし》の朝食には蒸したジャガイモと焼いたベーコン、それにパンを」

ごく普通の朝食を使用人に頼みながら、これでもかと甘いものがてんこ盛りになった朝食を取る長男の姿を辟易としながら見つめた。

「ともかく、悩みの種の一つはこれで解決するはずだ。何とかして来い」

「御意に」

優雅に頷いたオデュッセイアは、甘めの朝食を食べて、その場にいる家族を辟易とさせたのだが、本人にとってはどうでもいいことであった。

＊

「……くしゅん！」

遥か天上を見晴るかす地上百階のテラスにて、大公一族が己の噂話をしているなど知らないアイラは、四十二階の自室にてクシャミをしていた。

「おっかしいなあ……花粉かな？」

「裸で寝るから寒かったんじゃないのか。服を着て寝ろ」

「だあって、服着て寝てると暑くなるんだもん」

鼻水をズビッと啜りながら、アイラは素早く服を着る。

「今日はこれから何をするんだ？」

「ウィトティントの毛皮の換金に行こうかなって」

以前に美味しくいただいたウィトティントの肉だが、その際に剥いだ毛皮の換金を忘れていたので、それをギルドに届けにいく予定だ。

「うむぅ……あまり楽しくなさそうだ」

「終わったらごはん食べに行こうよ」

「それならば、まあ」

渋々了承したルインを伴い、二十一階の冒険者ギルドに行ったアイラは、見つけたお馴染みのギルド職員ブレッドにウィトティントの毛皮を手渡した。今日はこの一種類だけだったので、鑑定があっという間に終わって換金される。

「ウィトティントの毛皮は金貨一枚です。ところでアイラさん、時間があるようでしたら、十六階に行ってみてはどうですか？　以前アイラさんが仕留めたジャイアントドラゴンの素材が売りに出されていますよ」

「ほんと？」

ジャイアントドラゴンと聞いたアイラは、即座にあの時に食べたステーキの味を思い出した。カリッと焼かれたジューシーなお肉は、今までに食べたどんな肉料理よりも美味しかった。

……思い出したらまた食べたくなってきた。

「ルイン、朝ごはんはジャイアントドラゴンのお肉を買い戻して食べようよ」

「それはいいな。よしそうしよう」

「ブレッドさん、預けてるお金引き出せる？」

「はい、かしこまりました」

苦笑まじりにブレッドが引き出してくれた金貨を握りしめ、アイラとルインは意気揚々と十六階に行く。

初めて足を踏み入れた十六階の雰囲気は圧巻だった。

広い円形の広場に雑多にテントが張り巡らされ、そこで魔物を解体して素材としたものが売られている。

「何やら真ん中が騒がしいな」

「行ってみよっか」

アイラとルインは野次馬根性丸出しで、広場中央の人だかりに近づいてみた。

「さぁ、本日の目玉商品は、ジャイアントドラゴン丸ごと一頭だよ！　牙、角、歯、鱗、棘、魔石に臓器に血液に肉！　頭から尻尾の先まで揃わない素材はない！　先日バベルに現れた冒険者があっというまに狩ったものさ！」

おおおお、というどよめきが聴衆から漏れた。

「まずは牙から！　一本につき金貨十枚！」

方々から手が伸びて声が上がった。つま先立ちになり首を伸ばしたアイラの視界に、敷物の上に綺麗に並べられたジャイアントドラゴンの素材たちが見えた。

「あたしたちが狩ったジャイアントドラゴン、こんな風に売られるんだ」

「どれどれ」

ルインが前足をアイラの両肩にかけて背を伸ばし、人だかりの頭越しに中心部分を見つめる。

「なるほど。人気なようで何よりだな」

「こんなに人気が出るんなら、もう一頭くらい狩ってくる？」

「それもいいかもしれんな……あの肉は美味かったから、ぜひまた食べたい」

今はある程度満たされているので、あの極限状態時の力は発揮できない。もっと苦戦するだろうが、倒せないことはないだろう。

そんな会話をしていると、前方にいた人物が振り返り、アイラを見つめた。

まだらに金色が混じった黒髪をボブカットにしている、アイラとあまり歳が変わらなそうな女の子だった。右目が金色、左目が黒色の猫目。黒いつなぎの服を着ていて、首にはゴーグルをかけていた。

「さっきから聞いてて気になったんだけど……このジャイアントドラゴン、あんたが倒したって？」

「そうだよ」

「ふぅん……」

つなぎ服の女はアイラとルインをじろじろと観察している。周囲の人々の意識もジャイアントドラゴンからこちらへと移り始めた。

「おい、あれ……〈千手技巧《せんしゅぎこう》〉の魔導具師ボニーじゃねえか」

「市場に来るのは珍しいな」

「めったに工房から外に出ないのに……」

ざわめく声を受け、アイラは目の前の女に質問をする。

「魔導具師なの？」

「そう。二十階の片隅にウチの工房がある」

「じゃ、もしかして鑑定魔導具も扱ってたりする？」

アイラは鑑定魔導具が欲しかった。

未知の魔物や植物に出会った時、それが食べられるかどうか鑑定するのは重要だ。解毒魔法が使える聖職者がいれば毒にあたっても平気だが、聖職者は滅多に聖堂と治療所を離れないので仲間にするのは難しいだろう。

現状のアイラには、自衛手段として鑑定魔導具が必要だった。

女はアイラの質問を受け、ニィッと笑った。

「あるよ。据え置き型鑑定魔導具は大きめの一級魔石を使っていて、持ち運びには不便だけど鑑定結果が返ってくるまでの時間がたったの三秒。鑑定対象のありとあらゆる情報が開示される。金貨一万枚」

「いちまんっ⁉」

あまりの高額にアイラの声が裏返った。

「探索時に使うから持ち運びできるタイプがいいんだけど」

「そしたら虫眼鏡型か拡大鏡型がおすすめ。最低価格は金貨五千枚」

法外すぎる価格にさしものアイラも開いた口が塞がらない。

「…………ぼったくり？」

これを聞いて慌てたのは周囲の人の方である。

「おいおい、お嬢ちゃん。ボニーさんの作る魔導具は一級品だぜ」

「五千枚で買えるなら安いもんだと思った方がいい」

「バベルは物価が高いんだ。こんくらいの値段で驚いてたら何も買えないぞ」

一連のやり取りを聞いていた女は猫のような笑い声を漏らした。

「いいね、素直なところが気に入ったよ。ウチの名前はボニー。あんたは？」

「アイラ。こっちはルイン」

アイラは女をじろじろ疑わしげに見ているルインの頭にポンと手を置く。

「じゃあ、アイラ。必要な素材さえ持って来てくれたら、工房でアンタのためにオリジナルの魔導具をウチが作ってあげるよ。もちろん、素材提供してくれる分、既製品を買うより安くなる。ジャイアントドラゴンを狩れるくらいなら、そのくらい簡単にできるだろ？」

アイラはやや迷い、ルインを見た。

「どう思う？」

「素材集めは腹の足しになるのか？」

「鑑定魔導具の素材は、ヴェルーナ湿地帯ってとこの魔物から取って来てもらうよ。湿地帯の中心部は瘴気がすごいけど、端の方は食材になる魔物もいるはず」

「ふむ……」

「気が乗ったらウチの工房に来な。あんたなら大歓迎だよ」

「わかった。ありがとう」

ボニーはもうこれで話は終わりだというようにアイラに背中を向けると、未だ続くジャイアントドラゴンの競りに参加しはじめる。

「――さあお次は、腹ペコ冒険者の皆さんお待ちかね！　肉部分だ！」

「あ、お肉！　ルイン、お肉が売りに出される‼」

「極上のモモ肉一塊につき、金貨十五枚から！」

アイラは勢いよく手を突き上げ、大声を出した。

「はい！　はいはいはいはいはい！　金貨百枚出す‼」

まだ誰も何も言わないうちからの金貨百枚宣言に、周囲がシーンとなった。競売人は静まる人々を見回し、たっぷりと時間を取る。だが誰も何も言い出さない。

「百枚出た！　他にいないか？　よぉし、この肉はそこの従魔連れのお嬢ちゃんのものだ！」

「やったぁ！」

自分で狩ったジャイアントドラゴンの肉を金貨百枚で買い戻したアイラは、喜びの声を上げた。

防腐効果のある葉っぱに包まれているジャイアントドラゴンのモモ肉はひと抱えほどあり、アイラとルインが朝食にするのにちょうどいい量だ。

「早速料理しに行こ」

「うむ。楽しみだな。煮るのか焼くのか揚げるのか……！」

ジャイアントドラゴンのモモ肉を食べる想像をしているのか、既にルインの口の端からは涎が垂れていた。

ひとまず先のことは置いておいて、これから食べる朝食のことを考えよう。

楽観主義なアイラとルインは、キッチンへと向かいながら互いにそう思ったのだった。

番外編

アイラとファントムクリーバー

The exquisite gourmet life of a hungry chef who goes with fluffy.

1

それは、十四歳。

アイラがダストクレストに住み始めて数ヶ月経った時の話だった。アイラは崩壊しかけた建物の一階で、一心不乱に武器を磨いている一人の男の前に座り、ひどく真剣な顔で相談を持ちかけていた。

「ねえ、ガイさん。あたしに包丁作ってくれないかな？」

「……包丁、だと？」

「そう！」

アイラの相談を受けて、歪んだ木箱に腰掛けているガイは武器を磨く手をぴたりと止め、アイラのことをジロリと見た。

ガイは武器職人だ。彼の作る武器は殺傷性に優れ、彼はただひたすら、より良い人殺しの道具を作るためだけに心血を注いでいた。そうして大量の武器をこしらえていた彼は、ある日、犯罪組織に大量に武器を供給したかどで逮捕され、この都市に送られてきたらしい。ガイは金さえ貰えれば誰にでも何にでもどんな武器でも作る、根っからの職人気質《かたぎ》な男だった。

「いいかぁ、アイラ。俺ぁ武器専門だ。調理道具は作らねえ」

「でも、調理道具っていっても、魔物を討伐するのに使うよ」

「！」

「魔物を討伐するのに使う包丁は、調理道具であり武器でもあると思わない？」

「……確かにな」

ガイは中指が欠けている右手の掌で自分の顎を撫でた。もう一押しだ、とアイラは前のめりになる。

「いつも魔法で討伐してたんだけど、あたしもソウさんみたいに自分の調理道具が欲しいなって思ったんだ。ガイさんなら、いいもの作れるでしょ？　あたしにも作って」

ソウというのは、最近アイラが師事している料理の師匠だ。彼はそのたくましい腕を巧みに操り、アイラが見たことも聞いたことも食べたこともない料理をたくさん作る。アイラはソウの作る料理の虜になり、見よう見まねで作っているのだが、そろそろ自分の調理道具が欲しいなと思ったのだ。

「ソウさんが言ってたの。『調理道具は料理人の命……手入れを欠かさず、使い込めば使い込むほど手に馴染む』って！」

「なるほど。その考え方は武器にも通じる。武器も、使い込んで手入れをしたもののほうが、より手に馴染んで人を殺しやすくなる」

「でしょ？　魔物の討伐も一緒でしょ？」

「ああ。人殺しも同じだな」

どうしても人殺しに話を持って行こうとするガイの発言を、アイラはあえて無視した。アイラは人は殺さない。殺すのは食料にする魔物だけだ。

「だが、ただの武器じゃつまんねえな。アイラ、お前は魔法が使えるだろ。なら、魔力を通す素材で作るべきだ」

「どんな？」

「具体的には、『魔混鋼《まこんこう》』と呼ばれるもので、ギスキアナ山脈にいる魔物の体の一部だ」

「どんな魔物？」

「岩みてぇな魔物だ」

「岩みたいな……」

「だが、岩よりよほど硬《かて》ぇ。倒すのは並大抵じゃねえぞ。氷漬けにして持ってこい」

「わかった」

ガイは今や武器を磨くのをやめ、アイラとの会話に神経を集中させていた。

「武器っつうのは、使う人間に合ったものを作るべきだ。お前に合うのは絶対に、魔法剣。異論は認めねえ。俺に武器を作って欲しけりゃあ、魔混鋼を持ってこい」

アイラはまじめな顔で頷いた。

「うん。でも作って欲しいのは包丁で、魔法剣じゃないからね」


アイラはダストクレストで自宅にしている、集合住宅の一室に飛び込んだ。

「シーカーッ、ルインッ。あたしちょっとギスキアナ山脈まで行ってくる！」

シーカーもルインも、突然飛び込んできたアイラのこの発言に目を丸くした。

「ギスキアナ山脈？　結構遠いけど、何しにそんなところまで行くの」

「調理道具をガイさんに作ってもらうために、魔混鋼って素材が必要になってさ。だから行ってくる！」

「一人で行かせるわけにはいかない。俺も行くよ」

二人は当然のように立ち上がり、出かける準備を始めた。

「……え、ほんとに？　来てくれるの？」

「うん」「おう」という返事がきた。アイラは嬉しくなって、ルインの首に手を回した。

「やったぁ！　二人とも大好き！」

飛び跳ねながら家を出て、三人で意気揚々とギスキアナ山脈を目指す。ダストクレストの周囲に広がる森林を抜けるとごつごつした岩肌の山が広がっていて、そこがギスキアナ山脈だ。緑の乏しい、一帯が灰褐色の岩で覆われている。シーカーは山脈を吹き抜ける風に濃茶色の髪を靡《なび》かせながら、満月のような美しい瞳で周囲を見回した。

「で、どんな魔物を仕留めればいいのかわかってるのかい？」

「うん！　『岩みてぇな魔物』らしいよ」

アイラは答えつつ、岩っぽい魔物がいないかなと目を凝らした。だが見えるのは、抜けるような青空と、草木がまばらで不毛な岩場のみだ。しかしアイラはめげなかった。

「岩に擬態してるのかもしれないから、探す！」

アイラは岩場に駆け寄って、手当たり次第に魔法で攻撃した。

「元気だなぁ」

「キャウ」

苦笑するシーカーにルインが相槌を打った。

アイラの使用する魔法は、十四歳という年齢を考えるとかなり強力で、おまけに魔力が豊富なので無尽蔵に魔法を使える。アイラが岩めがけてバシバシと火や水でできた矢を撃ち込んでいる間、シーカーとルインは食料になりそうな魔物を狩っていた。そうして山脈でねばること、半日。

「いたぁーっ！」

アイラはついに目当てとする魔物を発見することができた。本当に岩に擬態していた魔物は、アイラの放った魔法の矢が直撃して怒っているようだった。岩の体を起こし、岩でできた手足のようなものが生えてきて、二本足で立ち上がると、体から石礫《いしつぶて》を飛ばしてきた。

アイラは横っ飛びに飛んで正真正銘ただの岩陰に隠れ、雨あられと飛んでくる石くれを避けた。相手の攻撃は凄まじい。岩と岩をこすり合わせたような、嫌な感じの叫び声も出している。

シーカーがルインと一緒に少し離れた所にいて、アイラを見下ろしていた。

「手伝おうか？」

「いい！」

アイラはシーカーのありがたい申し出をつっぱねた。

シーカーの手にかかれば、こんな魔物などひとひねりだろうけど、いつまでもシーカーに頼るわけにはいかない。

アイラが欲しい素材なのだから自分で獲得すべきである。シーカーがついてきてくれたのは、あくまでも緊急時にアイラを連れて逃げられるようにという、ただそれだけのためだ。

アイラは岩の魔物と一時間ほど格闘し、ついに弱点と思しき一点——人間でいうところの左胸の辺りに魔法の矢を直撃、貫通させ、勝利した。

「勝った！」と勝どきをあげたのも束の間、巨大な影がアイラの上に落ちた。

「え……」

見上げればそこには、岩の巨人が立っていて、アイラめがけて怒りの鉄拳を振り下ろしてくるところだった。太陽を覆い隠してしまうほどの巨体に、さしものアイラも動きが硬直する。

岩の拳が唸りを上げて振り下ろされる。

速度も大きさも、アイラが避けるのは不可能だった。死ぬというふた文字がアイラの脳裏によぎった直後、首根っこをひっつかまれて、アイラはルインの上に引き上げられていた。

「アイラ、ぼーっとしてたらだめだよ」

シーカーが後ろから声をかけてきた。右手でアイラを抱き抱え、左手には先ほどアイラが倒した岩の魔物を握っている。

「アイラが倒したこの魔物は幼体だ。親が怒って出てきたんだろう。ツメが甘いね」

「ご、ごめん……」

「ルイン、逃げられるかな」

「キュウ」

ルインはそう言うと速度を上げて山脈を駆け抜けた。

振り下ろされる怒りの拳は山を砕き、硬い岩を抉り、地響きを引き起こした。ルインはそうした数々の攻撃をものともせず、また乗せているアイラとシーカーの重さすら感じさせない軽やかな身のこなしでひた走った。

ズシーンズシーンドカーンドカーンと破壊の物音を響かせながら追撃してきた岩の魔物を撒いて森に逃げ込み、とうとうダストクレストにたどり着く。

建物のほとんど全てが壊れかけている、廃墟みたいな都市ではあるが、数ヶ月住んで愛着が湧きつつあるその街を見た時、アイラの心はほっとした。街中で速度を緩めて停止したルインから降りる。

「ありがと、シーカー、ルイン」

「アイラは強いんだけど、油断するからなぁ。もっと周囲に気を配ったほうがいいよ」

「ごめん……」

シーカーの言葉に自分の未熟さを反省してしゅんとするアイラ。その体にルインのふわっとした毛がまとわりついてきて、続いて脇の下からにゅっと顔が覗いた。

その顔はまるで、「あんまり気にするな。オレがついてる」とでも言っているかのようだった。

アイラは脇の下から飛び出してきたルインの頭を撫でた。もふもふした感触がいつ触っても心地いい。仲の良いアイラとルインを見て、シーカーが苦笑を漏らしたのだが、二人はそれに気が付かなかった。

＊

「そんな感じで、持ってきたよガイさん。魔混鋼！」

「おー、さすがはアイラだ！」

ガイは手放しで喜び、アイラが持ってきた岩の塊を検分しだした。

「うむ。こいつぁ岩に擬態しているが、きちんと加工すると上質な武器になる。これで人殺しもはかどるってもんだな、アイラ！」

「だから、あたしは人は殺さないってば」

「で、どんな形の武器にして欲しいんだ？」

いまいち話が噛み合わないガイに、アイラはあらかじめ用意してあった一つの調理道具を取り出して手渡した。ソウから借りたものだ。

「これとおんなじやつが欲しいの」

「なんだこれは。変わった形してるな」

「クリーバーって名前の調理道具のひとつなんだけど、骨とかも切断できるようにちょっと重めにできてるんだって。刃も分厚いし、カーブした柄が持ちやすいから、使いやすいでしょ？」

「確かにこれなら、肉を抉らずスパッと切れるな」

ガイは中指の欠けた右手でクリーバーを受け取ると、上下に振った。ヒュンヒュンと空気を切り裂く音がする。

「よし。お前さんのためにとっておきの殺人武器を作ってやるぜ！」

「いやだから、殺人はしないって」

何度言ってもガイの間違いが訂正される気配はなかった。

＊

日が過ぎて、数週間が経ったある日。アイラはガイに呼び出され彼の鍛冶工房に行くと、そこにはピカピカに輝く一振りの武器が出来上がっていた。

「できたぜ……！　お前のために作り上げた唯一無二の武器だ！」

「わぁ！」

アイラはそっと、できたばかりの武器を手に取る。

なめらかな曲線を描く木製の柄がアイラの手にフィットする。

刃は鈍色に光り、歯元には丸い穴が空いていた。

「ガイさん、この穴、何？」

「そこに人差し指を引っ掛けて使うと、刃が安定するぜ。確実に獲物を絶命できるよう改良を加えてみた」

「へえ！」

「それから鞘はベルトにひっかけられるようになっている。より素早く抜けるように、使いやすいところに取り付けてくれや」

「さすがガイさん、経験が違う！」

「こんなのは序の口だぜ……この武器の真骨頂は、お前の魔力を流すと刀身を自在に伸ばす点だ」

「自在に？」

「そうだ。火魔法なら炎の刀身。水魔法なら水の刀身。変幻自在に姿を変えるこの武器は、名付けて『ファントムクリーバー』だ！」

「ファントムクリーバー……！　かっこいい！」

「だろ？」

「うん。ガイさん、すごい！」

「おうよ。なんてったって俺ぁ鍛冶師として四十年も働いてっからな！　武器には名前をつけてやんねえと！」

ガイは胸を張り、誇らしげに言った。

「さっそく使ってくる！」

「あとで使い心地を聞かせてくれよ！」

「うん、ありがとう！」

アイラは手に入れたばかりの武器を手に、シーカーとルインのいる場所めがけて走った。

「ねえ見て見てシーカー、ルイン。あたしの新しい調理道具！」

「へえ、調理道具ね」

木に寄りかかって一休みしている二人の前に、ずいっと武器を差し出した。

「名付けてファントムクリーバー！」

「かっこいいね」

この言葉にアイラは満足した。

「じゃあ、早速この武器で獲物を仕留めに行くね」

「構わないけど。油断はしないように」

「わかった」

「何を倒しに行くんだい？」

「んーっと、霊森竜！」

こうしてアイラは手に入れたばかりの武器ファントムクリーバーで見事ダストクレスト近郊の森に住む霊森竜を討伐し、肉を美味しくいただいた。

ちなみにこの時に生まれて初めて、アイラはドラゴン種の肉を食べた。

霊森竜の肉はサシが見事で、まるで幾月もの年齢を重ね美しい模様を描いている年輪のようだった。

口の中でとろける霊森竜のステーキは、アイラがこれまで食べたどんなステーキよりも美味しく、アイラの記憶にいつまでも止まることとなる。

以降、ファントムクリーバーはアイラ愛用の調理道具兼武器として重宝されることになったのだった。

あとがき

こんにちは、佐倉涼です。本作はただひたすら自分が書いていて楽しい作品を目指して執筆し、ウェブで投稿していました。なので書籍化のお声がけを頂いた時はすごくびっくりしました。担当さんには感謝してもしきれません。素敵なご縁をありがとうございます。書籍化するからにはと全力で改稿に臨みました。マイクロマガジン社の皆様、関係者の皆様にも御礼申し上げます。イラストレーターのＴＡＰＩ岡先生には美味しそうな料理と可愛らしくも力強いキャラクターを描いていただきましてありがとうございます。

そしてもちろん、読者の皆様にも御礼の言葉を。読み終わった今、「お腹空いた！　肉が食べたい！　デザートもだ！」と思っていただけたのなら作者冥利に尽きます！

本作はなんと、公式X（旧Twitter）も稼働中です。作品に関する色々な情報をお届けしていますので、@mofu_ryourinin のフォローをぜひお願いいたします。

ではまた皆様にお会いできることを楽しみにしております！

祝 コミカライズ決定!
ルイン あたし達の冒険がマンガになるよ!
漫画:カナイミズキ
まんが……? 美味しいのか?
どんな食材だろうね
まぁ アイラなら上手く調理できるであろうな
だよねー
漫画は食べれませんよ
え!?
僕ら石匣の手も活躍するのでよろしくお願いします
2025年春頃連載開始予定

GC NOVELS

もふもふと行く、腹ペコ料理人の絶品グルメライフ 1

2024年11月7日　初版発行

著者
佐《さ》倉《くら》涼《りょう》

イラスト
TAPI《たび》岡《おか》

発行人
子安喜美子

編集
野田大樹

装丁
横尾清隆

印刷所
株式会社 平河工業社

発行
株式会社マイクロマガジン社
〒104-0041 東京都中央区新富1-3-7 ヨドコウビル
[営業部] TEL 03-3206-1641／FAX 03-3551-1208
[編集部] TEL 03-3551-9563／FAX 03-3551-9565
https://micromagazine.co.jp/

ISBN978-4-86716-656-7　C0093

本書は小説投稿サイト「小説家になろう」(https://syosetu.com/)に掲載されていたものを、加筆の上書籍化したものです。

ファンレター、作品のご感想をお待ちしています!

〒104-0041 東京都中央区新富1-3-7 ヨドコウビル
株式会社マイクロマガジン社　GCノベルズ編集部
「佐倉涼先生」係「TAPI岡先生」係